人生不求太满 小满即是圆满

林特特 著

江苏凤凰文艺出版社

Contents
目录

前言·知进取，知进退——我所理解的松弛感

壹·人生不求太满，小满即是圆满。

- 不做太满的计划 / 3
- 有边界的生活 / 10
- 与其消耗自己，不如趁早远离 / 15
- 别成为自己最讨厌的那种人 / 20
- 只吃鱼的中段 / 25
- 不办卡就不会有的焦虑 / 31
- 爱我就别让我坐过山车 / 36
- 找到那件让你闪闪发光的事儿 / 42

贰·一念放下，万般自在。

- 你的魔咒 / 51
- 如何走出至暗时刻 / 56
- 那些无法消散的乡愁 / 65
- 妈妈的妈妈是妈妈 / 71
- 放过自己，也饶了岁月 / 77
- 你的委屈是因为你的角色 / 86
- 世上无难事，只要舍得扔 / 92

叁 · 人生应有不执着的勇气。

- 当一个女孩儿决定不普通 / 99
- 不需要容貌焦虑的时代 / 104
- 建立你的监察体系 / 110
- 从"吓厨房"到下厨房 / 116

肆 · 人生是旷野，不是轨道。

- 我是我见过运气最好的人 / 123
- 人生是旷野，不是轨道 / 129
- 为不开心整份清单 / 134
- 最好的旅行都在计划外 / 140
- 我向往的乡村生活 / 146
- 人生就是一个蛋饼接一个蛋饼 / 151
- 年龄焦虑大可不必 / 156

伍 · 人间烟火气，最抚凡人心。

- 特殊的尾牙饭 / 165
- 食物是一种信仰 / 168
- 没有人像离开过隐贤 / 173
- 心安处处是归处 / 182

前言

知进取，知进退
——我所理解的松弛感

知进取，知进退
——我理解的松弛感

过去几年，有两件事改变了我。

其一，是我奶奶去世。

我奶奶是 20 世纪 30 年代生人，逝于 2021 年冬至日下午，享年 89 岁，算喜丧。

奶奶生前是个泼辣的皖北女人，晚年，她的脾气比年轻时缓和些，可依旧不怒自威，她若开口说理，十个本科毕业生也辩论不过她。她的去世让我意识到，再彪悍、再强壮的人，也逃不过死亡这一关。

奶奶生命的最后半年，行动基本靠轮椅。她想出门，必须请人推着她走；她想洗澡，绝无可能自己完成。

有一天，我的堂妹去看奶奶，带了最受本地人欢迎品牌的桃酥。据堂妹说，她在该家店门口排了一小时的队，从街尾一直排到服务员处。新鲜出炉的桃酥香弥漫整条街道，服务员用油纸将桃酥裹紧，装进纸袋，递给她。隔着两层纸，还能摸出来桃酥是热的。

奶奶拿到桃酥时在打盹儿。她坐在轮椅上，倚在窗口，她的腿被一条薄厚适中的毯子盖着。桃酥味美，桃酥的渣肆意地掉在地上，见证了老太太如何用快速吞食表达对它的喜爱。吃完桃酥，奶奶喝了杯当年的霍山黄芽，而后，堂妹推着奶奶在院子里闲逛。花正好，树犹绿，鸟儿轻快地飞翔、鸣叫，那确是一个阳光明媚的下午。

不久，奶奶走了。

奶奶走后，我常思考，当一个人活着，对社会没有明显的价值，也不再创造价值，除了亲人，不会有人刻意想到他的存在、在乎他的存在，那么他的存在究竟有何意义？他多活一天和多活十年有什么分别？

想到那个明媚的下午，我便明白存在的意义：香喷喷的桃酥；用春天山上的绿芽炒制的茶，本来不渴，喝它一口，像等了它很久；看得见风景的窗口，微风、阳光、薄厚适中的毯子；亲人的陪伴、惦念，他们愿为你排一小时的队；自然界的万物，鸟、花、树……

一切都是假的，唯有亲身体验到的快乐是真的。

快乐来自你吃过、用过、享受过的好东西，来自你喜欢的人、事，以及被人喜欢时产生的心流、愉悦感。其实，我奶奶再多活十年，对于旁人都是默默无闻的，但如果她能再活十年，如此快乐的时刻就能多次出现，对她个人来说，就是值得的。

多活一天和多活十年的区别也在于，活的时间越长，能得到的快乐也会更多。

其二，是去年，我因为身体问题，在家待了几个月。

我一直以"工作狂"自居，我的亲人、朋友大部分和我一样，在工作上付出的精力和时间最多。我甚至一度认为，和奋斗无关的事儿，我都不应该关心。

那时我不能出门，看着季节转换，无法亲手触摸外面的世界。我低头，见河水如缎带般流淌，我的肉身仅离它有几十米垂直距离；我抬头，见艳阳高照，但无法用裸露的肩膀接住哪怕一寸阳光。

当我不能出门，只要愿意，我就可以二十四小时全部用来工作。生活只有奋斗，没有留白，没有散步、嬉戏、游玩、闲聊，只有实打实地奋斗，我突然觉得无趣，往昔我以为浪费时间的那些事儿，现今成为我最想出门做的事儿。

我想长跑。

我想去菜市场买菜，货比三家，想为每一颗沾着露珠的新鲜草莓或葡萄喝彩。

我想在夏夜的露台上和朋友小酌，啥也不为，只为抢着说话，说完就忘，微醺回家。

我想拿出一半的时间去旅游，想在海边，任浪花拍打脚面，用一下午挖一片完美的贝壳。

我想对比两块石头的异同，想鉴别名目不一的酱油，品尝味道是否不一。

我想学一门手艺。

我想在艺术区供随意涂鸦的背景墙上画一抹艳丽。

…………

人生不能不奋斗,也不能只有奋斗。要做一个有用的人,也不能只为"有用"。

因为人都会老,会有不能活动那一天,当你无法奋斗,不再有用时,你去何处寻找活着的意义?一定要有别的意义。

紧紧张张的人生需要松弛,松弛才是下半生的主调,在松弛中,才能找到别的意义。

前段时间,我和一位同学聊天,聊起人是复杂的,兼具社会性和动物性。

我们前半生所受的教育、所做的努力,大多放在向上攀爬上。我们一步接着一步,脚不停,像被绑在跑步机上,上学、就业、买房,结婚、生子,赚钱、升职、跳槽、得奖、评职称,赚更多的钱、买更多的房、升更高的职、评更高的职称、去更大的平台、得更大的奖……

在过程中,你争我夺,受气,给人气受;辜负一些人,被一些人辜负,种下心结,施或被施魔咒。

逐渐接近财务自由,逐渐彻底不自由。

我们忙着提高,忙着满足社会性,却忽视了动物性。而人毕竟是动物,不能避免动物的脆弱,回避动物的欲望。身体的快乐和心灵的快乐是绑定的,人最终都要服从自身的动物性。

"有的时候，我想，我们真的开心吗？也许人类认为的功成名就、富甲一方得到的快乐，和荒原上一头母狮看着几头幼狮在玩耍的快乐相比，不值一提。"同学说。

是的，我要把执着于社会性的时间、精力腾挪一部分，去捡拾动物性的快乐。

脚步慢一点，节奏缓一点，状态松弛一点，把自己当作一只蚂蚁、一头狮子，在卵石下、在荒原上，随心，随性。

那些心结、魔咒，该放下的放下。

那些做不到的、本就多的，该放弃的放弃。

那些生命中值得珍惜和眷恋的，时不时去温习。

用点心思和巧劲儿，尽可能轻松应对、解决问题，让日子清明有序不等于完全"躺平"。

拥有主动开始的能力，亦能主动结束；会做计划，但不做满，永远留给"计划外"一点机会。

奶奶去世后，我可以出门后，我调整了工作和休息时间的比例。

我扔掉许多东西，搬回日夜思念的城市，拒绝了力所不逮的合作，用最擅长和轻松的事谋生，只与能让我笑的人来往。

我爱上去菜市场买菜，为每一颗沾着露珠的新鲜草莓和葡萄喝彩。

我爱上夏夜的露台。

我打算去海边找贝壳。

…………

知进取,知进退。

不做疯狂的火车头,一直往前冲,没有止境。该停就停。

人生不求太满，
小满即是圆满。

壹

不做太满的计划

在刚刚过去的小长假里,我与大学室友欣欣一家会面。

欣欣在南方某城市工作,儿女双全,老公和她是高中同学。此次来京,欣欣目的明确,要带两个娃好好玩一圈。对于小长假的人潮,她已做好心理准备。

然而,准备归准备,现实是现实。

"我可能见了两亿人!"在饭桌上,欣欣对我惊叹。欣欣的老公则怀里抱着儿子,胳膊上挎着女儿,一副超级奶爸的模样,他不住地点头,显然也被人山人海的盛况吓到了。

"快点吃!别缠着爸爸,下午两点我们还要到铁道博物馆!"欣欣催促着孩子们。

这顿饭是我请的。景区人气火爆,我们约好十二点见面。十点半,我已从家出发,十一点抵达饭店占座。幸好我早到,十一点半,饭店内已座无虚席。

"下午两点?"我抬头看看钟,吓了一跳,不无忧虑地劝告欣欣,"现在已经快一点,从这儿到铁道博物馆起码要一小时,会不会太赶了?"

"没办法,"欣欣老公将女儿推开,先腾出一只手,向我一摊,

"我们时间很紧,晚上六点的火车回家,想着让孩子多玩几个地方,行程安排得满。"接着,他向我报地名,"北海、故宫、恭王府、钟鼓楼、八达岭长城……"他一只手五个指头不够数,于是对怀里的儿子说:"小朋友,你已经六岁了,坐到自己的位子上去!"他腾出另一只手,继续数。

"好家伙!该玩的确实都玩了!"轮到我赞叹。

"但都是走马观花!"欣欣老公两只手一起挥,"要问我记得些什么,只记得前面是人,后面是人,左边右边全是人!"

"累吗?"我听听就觉得头大。

"腿走麻了,胳膊抱孩子抱残了。昨天,我的步数是三万步,终于荣登微信运动排行榜第一名。"欣欣夹了一块鱼,指指老公,"他第二,我比他多上了几次洗手间,多了几百步。"

"啊……"欣欣尖叫一声。

"怎么了,怎么了?"

"快含一口米饭!"

"服务员,有醋没有?"

大家手忙脚乱。

原来鱼刺卡在欣欣的喉咙里了。

各种科学的、不科学的操作通通来一遍,欣欣的痛苦有增无减。我们当机立断,兵分两路:我和欣欣一路,奔赴本城最有名的耳鼻喉科特色门诊,挂急诊,取鱼刺;另一路,欣欣老公一拖二带着俩娃,他还要背着一只巨大的双肩包,像蜗牛背着重重的壳,此包几乎无所不包,孩子们所需的物资全都能在这个包内找到。

我和欣欣的网约车来得较晚,我俩目送他们仨远走。

欣欣捂着喉咙,含混不清地说:"太狼狈了。"

"他一个人顾得过来吗?那可是俩孩子!"我问。

"顾不过来也得去,已经预约好了。"欣欣持续含混道。

四十分钟后,我们到了医院。一路上欣欣不断作呕,她揉搓颈部,连连咳嗽,过程中,她还要接打电话,回复老公的提问。铁道博物馆的预约是她办理的,现在,她没去,手续上有些麻烦。

一个小时后,欣欣坐在诊室特制的座椅上,接受护士的专业检查。一根有 15 厘米长的探针从欣欣的鼻孔插进,欣欣"哇"的一声吐了。吐完,她接着被检查,探针直插到喉咙深处,再被护士抽回。结论是,起码长针所及之处没找到鱼刺,但鱼刺肯定刮破了欣欣的嗓子,造成了红肿、不适。

"你最好再去做个食管 CT 检查,明确食管内有无鱼刺。"护士小姐姐负责任地说。

"我时间上来不及了,要赶火车。"欣欣眼含热泪,她的泪从被探针检查那一刻起就没停过。

确定了没有生命危险,只是难受,欣欣打道回府。她坐地铁先回住的地儿。

在地铁站,欣欣和我道别。她交代了她之后的时间安排:"下午四点半前到酒店,办理退房。四点四十五出发去北京南站,五点四十五能到,火车六点开。"

"时间太紧了!"从见到欣欣那一刻起到现在,我总有种手持爆破筒和时间赛跑的感觉。

"对啊!"欣欣的手指没有离开被鱼刺刮破的喉咙,她轻轻揉着,面色比之前好看些,却显而易见仍旧不适,她叹了口气,"我真后悔,安排得太满了,他们爷儿仨也不轻松,跑完铁道博物馆,还有消防博物馆。原先我和孩子爸就说好了,消防博物馆我不去了,我去拿行李。"

地铁到了,欣欣上车,和我挥手。她紧皱着眉,不住吞咽着口水,因为疲惫,因为累,脸上爆着痘。我敢打赌,任何一个看到她现状的人都会以为她是逃难的,而不是来旅游的。

时间安排太紧了。我不止一次和欣欣做过类似圆满的安排、过满的安排,并因此遭罪。

排得太紧的旅行日程最怕意外。

我曾拖着一大家子人去浙江乌镇。那时,孩子还小,刚会走路,却更愿意在妈妈怀里待着。

一个景点接着一个景点,玩完一站还有下一站,刻意压缩了每一站的行程,为的是多玩几个地方,从头到尾我都在赶路。

和欣欣的鱼刺相似,意外来了。孩子在我怀里扭来扭去,夏日艳阳下，我汗流浃背。布满青苔的青石板原是江南古镇标准配置、美的标签，此刻上面都是人。我被推搡着，脚一崴，鞋跟儿陷进两块青石板之间的缝隙里，拔不出来了。

惊讶、沮丧、烦躁、绝望。

孩子哭，老人叫，我嚷嚷。最后，我脱了鞋，将鞋连跟儿拔起。江南好，每一块石板都多情，两块石板叠加，情浓如斯，永远地留住了我的一截鞋跟儿。

我一瘸一拐，走在人海中，踏着人浪。孩子被转移至其他亲人的怀里，他伸出手，五指张开，哇哇大哭："妈妈抱！妈妈抱！"

妈妈哪里顾得上他呢？陷鞋跟儿、拔鞋跟儿的过程，已让我失去了完美行程中对时间某一环的控制，还有数个景点没逛，再过一会儿要去古镇门口等车，我已订好了去西塘古镇的车。

没完没了地赶时间，不能允许一丝一毫的错。一步错，步步狼狈，步步错。

正如我们的人生，如果我们对每一件事的计划、安排，对每一年设定的目标、KPI（关键绩效指标），都是绝对完美的，完美到太满了，便会无法完成；即便能完成，过程中体验感降低，舒适度全无，完成了又有什么意思，有什么意义？

我有一个熟人是地地道道的工作狂，身体允许，他一天想上二十四小时的班。他无休无止地工作，自我加码，得到了同龄人在他这个年纪想象不到的荣誉、职位、金钱，而后在最重要的项目进行时轰然倒下，直接进医院抢救。等他醒回来时，第一句话竟然是："现在是几点？坏了，我错过一个会！"

他如精密的仪器般运转，从不上润滑油，每一项工作后都排着另一项工作，精打细算面前每件事、每个人占用他的时间份额，其目的不是早干完早休息，更像是干完一件再多干一件，试试自己这辈子究竟能干多少活。

我曾和这个熟人一样，在一个城市工作完立马出发去另一个城市，不给自己喘息的时间，只是不想耽误第二天一早的一次洽谈。明明我可以把这次会面约在第二天下午，安排在第三天也无碍。

当我于深夜十二点在机场落地，前往入住的公寓时，手机没电了，公寓的密码锁又突然打不开了，真是叫天天不灵，叫地地不应：叫锁匠，我没有电话；找朋友，他们都已经熟睡；打车去最近的酒店吗？对不起，还是要用手机。

我只能坐在公寓门口，看着天一点点亮。

那天晚上，我差点流落街头。我深深反省，为什么我潜意识里一直在追求严丝合缝，和假想敌寸土必争，我究竟在怕什么，怕错过什么？我背后总像有条鞭子在莫名其妙地抽打我，耳边总像有个声音不住地在喊："快点！快点！"

需要一周做完的事儿，不要强求一天做完。

能赏玩十二小时的湖，十五分钟拍照了事，是对它的亵渎。三山五岳值得一生去攀登，"三天五岳"式的旅游不是游，那是挑战极限，毫无美感。

我们忙忙碌碌，提高效率，发展科技，为各种事制定各种方案、攻略，是为了更轻松、更放松。不做满的计划，凡事留余地——时间上的余地、精力上的余地，也给意外留余地。

不强迫自己绷紧弦儿，为那些无关紧要的事。

其实带孩子逛一个景点还是四个，他们根本不在意。

其实和生命相比，你做多大的项目都无所谓。

其实只要准时，上午还是下午见面，在对方眼里没区别。

其实只要开心，个人的年度、月度目标都可以一调再调。

开心、舒适才是最大的目标呀！

地铁到站，我出站，欣欣给我发了条消息："如果不是安排得这么满，我不会狼吞虎咽，卡了鱼刺；如果不是安排得这么满，他们爷儿仨不会从一个博物馆跑去另一个博物馆。我儿子刚才在路上吐了，可能是太累了，回去铁定要大病一场。"

我只想，在我能做主的范围内，不慌、不忙、不赶，做计划时不满。

有边界的生活

一天晚上,我早早睡下,突然,被电话吵醒。我揉着惺忪睡眼,按了通话键。

话筒那端传来一阵哭声,对方自报家门:"我是陈璐。"

陈璐是我中学同学,她平日爱给我的朋友圈点赞。如果我去她所在的城市出差,只要她得知消息,就会主动邀约。无疑,她是个活泼开朗又热心的人。然而,陈璐的朋友圈太"高大上",我自觉离我很远,已许久没刻意关注了。

远在何处呢?远在吃、穿、行、住的用度上。陈璐的莫不精致。

陈璐住在某省城核心地段最高档的小区。看图,家是大平层,有二百平方米,装修豪华,品位不俗。我看电视剧《三十而已》时总想到她。剧中主人公顾佳会根据季节和气候变化,更换家中的床单、窗帘、沙发巾、桌布等,务必让家居的颜色、质地和节气合拍。现实中,乐此不疲并有此财力、精力和审美的,我只见过陈璐。

她的三餐精美如网红图,周末全在出游。露营装备齐全,五日游全家便换五身衣服,七日则七套。有时,根据场景不同,陈璐的造型一日之内也会变化几次。比如,海边是比基尼,过一会儿吃下午茶,她的衣着又成了淑女范儿。

我不羡慕也不妒忌陈璐的生活，但看到陈璐为孩子做的一切，我不由得惭愧。她的孩子今年十岁，上语、数、外、画画、钢琴等培训班，她二十四小时陪伴。关键是陈璐还为孩子买了一匹小马，因为孩子学马术。她置办了全套马术行头，陪练的同时，她也学会了骑马。每次看到她的付出，我不禁扪心自问，我是不是活得太粗糙，对家人也太不尽心尽力了？

电话那端的陈璐终于不哭了，可我还是听到了水声。
"你在哪儿？怎么了？"我问，"为什么有水声？"
"我在小区门口，是喷泉。"她哽咽着解释，"我熬不下去了。"
经过一番酝酿，陈璐向我和盘托出来电的目的："借五万块钱。"紧接着，她告诉我崩溃的原因。

原来，二百平方米的大平层是她租的。都市里，为孩子上学，在学校附近租房子的人不止陈璐一个。只是陈露在孩子学校附近找了最贵的小区，为的是孩子不至于被同学们瞧不起。

为了被瞧得起，也为了让朋友们越来越高看自己，陈璐长期负担着不属于她的消费层次的生活。除了夫妻俩的工资，能支持她这么做的是十几张信用卡。对于怎样薅信用卡羊毛，如何精确地倒腾信用卡，拆东墙补西墙又不至于耽误每张卡的还款时间，陈露可以写下万把字的心得和攻略。

同小区的同学学马术，陈璐当然不能让孩子落下。报名！学习！富有的同学家干脆买了匹马。陈璐咬咬牙，靠网贷、借钱也买了匹马。

"天啊!"我惊呼。

"是的。"陈璐叹息。

今天,陈璐实在受不了了,因为计算有误,信用卡倒腾不开了,网贷催款的消息一条接一条。

"我得赶紧还上,还有五万元的缺口。不到万不得已,我不会借到你这儿!"陈璐的哭声和小区喷泉的水声此起彼伏、彼此应和。那喷泉,我在陈璐的微信朋友圈中见过,水柱会随音乐的高低上升下落,喷泉两边是高大的罗马柱,刻着希腊神话中的人物。可是,它们都不是陈璐负担得起的。

我忽然想到一个词叫"界限",这几年"边界感""界限"的概念特别火,都说我们要学会和他人保持界限,勇于表达自己的界限,尊重他人,也让他人尊重我们。我却觉得,除此之外,人还要学会给自己设限。

经济上要设限。能挣多少钱、能花多少钱、能过什么样的日子,心中要有数。我们不为打翻的牛奶哭泣,也别为买不上的马夜不能寐。总有一些东西不是人人都有资格获得的,"比"没有止境。量入为出怎么了?理智、客观是成年人成熟的标签,应该自豪。只要是表演,就会有演砸的那一刻,实事求是点,压力小,心更安。

情感上要设限。我见过无数人一而再,再而三在亲友面前一退再退,直到退无可退。据陈璐说,她从她姐姐那儿总共借过二十万元,这次,姐姐拒绝了她。姐姐说:"你不能成为我的无底洞。"与此同时,我在思考,如果陈璐早点为孩子在情感上设限呢?孩子再想要学什么、添置什么，妈妈不一定都能办到，早点承认，早点成长，母子俩都是。陈璐的丈夫如果能对她的所作所为提前说"不"，不因是挚爱的妻子就在情感上无限纵容，以致行为上束手无策，最后也不至于一个家庭经济、精神上全面崩盘。

由此衍生，人要为自己设限，在每个领域都应该和自己有个具体数字的约定。时间上要设限，健康上要设限，对任何可能会透支到影响生活的事都应该设限。年轻时，我们常说，人生不要设限，什么都要去尝试一下，为的是知道"天花板"在哪里。而成年后，不为欲望设限，就要为欲望埋单，清明有序的生活来自清楚明白的自我约束。

回到当晚，我早早睡下，因为最近的工作让我疲倦，我的颈椎、腰椎已经报警，它们闹罢工了，我得正视。

前几天，我见到一位著名心理咨询师，他从业二十余年，毫无职业倦怠，神采奕奕的状态令我好奇。打听后，我才明白，他一直控制着每周的工作量，限制接待患者的人数。

"有限制，才能做得好；不'过'，才能享受其中的乐趣。"他说。

于是，受启发的我调整了作息和相关事宜。当晚睡觉前，我做了两件事。

第一件，删除了下周工作表中三分之一可做可不做的事宜。下周三个饭局，只留下一个必须去的。原因无他，劳动号子再响，酬劳再高，我的产能有限。锣鼓喧天、觥筹交错，我喜欢，但我的体力、精力、脑力只有那么多。

第二件，我没带手机上床，只将它放在书桌上。若陈璐只是发微信找我，我可能真的会错过。不带手机上床是我划定的与电子产品之间的界限，唯有如此，我才能保证充足的睡眠，控制作息，而不是晚上九点躺下，十二点都过了，还在无意识地刷视频。

回到陈璐的事上。

"你现在准备怎么办？下个月继续透支信用卡吗？"我问。

"先堵上窟窿，以后的事，以后再说。"她嗫嚅道。

"开支如此大，房租、养马、吃穿用度如果维持以前的水准，你这个月害怕的事，下个月还会发生，这个月补上的窟窿，下个月还会炸裂。"我提醒道，"你得为自己设个限！"

"我只能解决眼前的麻烦，顾不上以后了。"陈璐嗓子哑了。

"你早晚还是得顾。"我同情又无情地说。

接下来，我说了个我能借的钱的数目，这是我在衡量我们之间的关系后认为我能负担又不会造成我的烦恼的帮助。我提醒陈璐该做还款计划了，比如，一个月存多少钱，用于填补亏空；断舍离，养不起马，该卖就卖吧，住不起太贵的房子，该退就退吧；靠网贷买的名牌包能处理便处理，换成现金，眼前的麻烦少一点是一点。

"你是不是觉得我特惨？"陈璐问。她的情绪好些了。

"有办法解决就不惨。面对真实的自己比想象中难，也为虚荣设个限吧。"我看看时钟，快十一点了，我的时间有限，我说了句"晚安"。

与其消耗自己，不如趁早远离

几年前，有一次我回老家，遇见了亲戚张。

说起亲戚张，五十岁出头时就对还是小姑娘的我谈论命运的不公、机会的不等。现在，他六十多岁，仍常提起大院里的谁谁、亲人中的某某："当年，要不是我，他们也有今天？"

家族聚会，只要有亲戚张，最后就会成为他喝醉酒、摆谱儿、教训人、撒酒疯的舞台。好几次，他掀桌子骂娘，摔盘子示威，指名道姓地谩骂，弄得大家不欢而散。而他喋喋不休、一再回顾，车轱辘话来回转的是他春风得意的年代。那时，他停薪留职，下海经商，从内地到特区，从单枪匹马到几十个人的团队，有过短暂的辉煌。但他挥金如土，并没有留下多少财富；脾气暴躁，即便对人有过帮助，也几乎没什么真正的朋友。等他落魄时，再回到原单位好好上班，昔日的徒弟成了他的领导。个中酸楚，不足为外人道，这么多年，他的心态都没有调整过来。我一度以为亲戚张真的是生不逢时、怀才不遇。

那次回家过节，我带了一箱名噪一时的褚橙。听见亲戚张抱怨时，我就亲手将橙子递给他，让他尝尝甜不甜，接着鼓励他："叔，你要真想做点事儿，什么时候都不晚！"可亲戚张不理我的茬儿，他一把丢掉橙皮，继续他的忆当年，忆当年谁对不起他，谁做的事如果他来做，一定是另一片天地。说到激动处，他又一次摔了杯子、盘子。那一瞬间，我有些迟疑，或许对于一些人来说，他的愤懑与不满只是一种习惯？

过完节回京，我无意间将这件事透露给我当时的领导丽丽姐。

是时，正值晚高峰，我蹭丽丽姐的车回家。她沉吟片刻，在堵车的间隙，与我回顾往事。

原来，丽丽姐的父亲和我的亲戚张是一类人。

"都属于性格有些缺陷的人吧？"丽丽姐叹口气，她移开握方向盘的手，拨一拨头发，显得有些疲倦，"我年少时没少被父亲折腾！"

折腾一，丽丽姐要是做所有校服以外的装扮，都被父亲斥为"狐狸精""小妖精"。

折腾二，丽丽姐交往的所有男友都被父亲认为是"小流氓""大骗子"。

折腾三，曾经丽丽姐所有的职业规划、学习计划——想离开小城，做人们既有的成长路线的打算——都被父亲指责为"不安分"。

最令丽丽姐难过的是，她曾有过一段长达三年的异地恋。她每次去看男友，就会被父亲讽刺是"千里送外卖"。男友来看他，父亲的奚落马上换成"哟！没出息的上门女婿来了"的讽刺。

"我上次回家，我父亲还说我打扮得不像正经的女人呢！可今天我不再怕他，不会再被他的否定打倒。"丽丽姐笑起来。

我瞠目结舌。在我眼中，丽丽姐以精明干练、八面玲珑、诸事都能平衡著称，竟被自己的亲生父亲如此评价。我不禁说："丽丽姐，你真不容易！"

"没什么，都过去了。"丽丽姐摆摆手，"究其根本，我父亲在自己的人生中是个失败者，他把一生的抑郁都喷射在身边人身上。"

我点点头："对！一些人的存在是'消极的代名词'，亲近他，就会被他感染。"

丽丽姐表示同意："成长让我懂得，必须切断负面情绪源，否则自己就会变成负能量爆棚的人。所以，即便是亲人，性格缺陷到损害自己的身心健康，也要远离。对于我的父亲，除了必要的赡养义务和礼节性的拜访，我和他现在很少联系。"

我们沉默了一会儿，再开口时不约而同地提起同事孙。

同事孙曾常年受家暴，我们都记得她在阴天戴墨镜遮挡眼部的淤青，气温三十八摄氏度，她仍穿着长袖，怕被人看出胳膊上的伤痕。从同事孙第一次被家暴起，她就有个习惯，遭受家暴后给身边所有熟人打电话，每通电话一打就是两个小时。电话内容无非是哭，哭着描述她挨打的细节。接到电话的人，无论是我还是丽丽姐，或是其他人，一开始都在话筒那头不停地劝，比如："你现在离开家，去报警，去找他的父母、领导。""去微博、论坛公开信息。"可同事孙没有听进去，即便别人帮她报警，她也以各种理由拒绝，或当着警察的面否定。她最常做的是，向一个熟人哭完，放下电话，再拿起，找另一个哭诉，把同样的话说一遍，眼睛得哭再肿一些，再放下电话再拿起，再去找第三个熟人……直至所有人都睡觉，直至漫漫长夜终于过去,她遭家暴这件事仿佛也过去了。直至下一次来临,她又如是说,如是做。

"于是,我们又如是听一遍。"丽丽姐叹息,"你知道吗?有时,为了安慰她,我也会说我婚姻中的不如意。当我发现我在脑海中搜罗自己的不如意、对配偶的不满时,我似乎真的就开始不如意、不满了。"

"对,"我附和道,"所以,一而再,再而三后,我渐渐地和孙保持了距离。"

"幸好,她终于觉醒。"丽丽姐回忆起同事孙后来的转变。

丽丽姐指的是,有一年小年夜,同事孙半夜醒来发觉脖子上一片冰凉,仔细一看,丈夫正拿着刀对着她,让她交代和某某男士莫须有的暧昧关系。事后,同事孙拼了全力,不惜一切代价要离婚。当她历时一年终于办妥离婚手续,出现在我们面前时,她如释重负,很快清空往事,重新出发,变成一个比以前好很多倍的人。

"我一直告诉孙:'无论你做任何决定,我都支持你:你报警,我陪你;你挨打,我去救你。'但是她都没有回应。很久以后,我问她:'我以前告诉过你,要离开,要离婚,你为什么不在第一次家暴时就如此呢?'"

我交代我和同事孙曾在事后复盘、长谈。

"是的,多年来,孙没有远离她的负面情绪源——她的丈夫。她把自己熬成个负面情绪源,这也是她的朋友越来越少的原因。"丽丽姐感叹之余,仔细分析。

连着几个急转弯,丽丽姐没空说话。我也没空说话,因为手机响了。我发现是亲戚张的未接来电,还有一条消息:"大侄女,想到过去发生的种种、被辜负的种种,叔心里难受哇。叔最近有个创业计划,想做个加工厂,给你瞧瞧,有没有什么人帮忙推荐?"我不知该怎么回,终究没回,忍不住想起前几次类似无果甚至成为闹剧的对亲戚张的帮忙。

我陷入沉思,不管是亲戚张还是丽丽姐的父亲以及同事孙,当他们集合在一起,以类似的面目出现,都给我上了一课——

消耗别人的人,尤其是不改变自己、纯粹带给我负能量的人,是情感的黑洞,是负面情绪源,只会吸纳我的能量,浪费我的时间。哪怕是亲人,是亲戚,我都要在尽可能的范围内远离。说起来自私,但他们不想好好活,我还得好好活下去呀。

别成为自己最讨厌的那种人

一天,我在外面吃饭时接到了一通电话。

对方是个女声,号码是陌生的,口气倒不见外。她以"嘿"开头,仿佛昨天才和我在某个巷口挥手告别。她单刀直入,亲切地喊我的小名,而后问:"你现在有空吗?"

"你是?"我警觉而迟疑地问。

"我!君君。"她没好气儿,像是责怪我连她的声音都没听出来。

噢,是君君,我立马从紧张、警惕变成浑身肌肉放松,我停下筷子,将手机从免提状态调整为听筒模式,让君君的声音贴近我的耳朵。

我和君君认识"一辈子"了,君君认识我则差点,"一辈子"负一年,只因她比我大一岁。我俩父母是同事,从小是邻居,打幼儿园起就是同学,三年又三年,直到初中毕业,我们都待在同一间教室,同窗整整十二年。

说这些,是为了突出我在君君面前的发言权,我和她家人的熟悉程度相当于我和我的家人。

20世纪90年代,我读高中,君君在职高;等我上大学,她进工厂工作；我大学毕业，她结婚；两年后，我考研离开家乡，而她的女儿已满地跑，"妈妈，妈妈"叫个不停。一句话，君君人生的各个阶段都比我开始得早。

"突然找我有啥事？"我的嘴里含着食物，说话含糊不清，因为是发小儿，彼此都不觉得这样不礼貌。

"今天是周五，如果方便，周一晚上我想再给你打个电话，当着我闺女的面，咱俩谈个话。"君君神神秘秘地给我布置任务。

"方便，对你都方便——只是，要谈什么话？"我费解。

"关于是出国还是留在国内，关于是考研还是毕业就工作，我想让闺女听听你的意见。今天呢，我先和你通个气，跟你说说我的想法和意见。你不知道，孩子大了，不愿意听我们的。你走南闯北，见多识广，我猜，有些话如果由你说，她更能听进去。"君君和盘托出她的计划。

不知是君君的声音大还是因为其他，我的耳朵发烫。我有些恍惚，君君的话一下将我拉回二十年前。二十年前，我们刚二十。

二十年前的一个夜晚，君君的父母敲响我家的门，与我促膝谈心。君君妈当着我妈的面，捏着我的手喊我的小名，态度恳切，一脸愁容。

她对我说："你一定要帮帮叔叔阿姨劝劝君君哪！"

当时，刚二十的君君和父母最大的矛盾不在职场，而在情场。彼时，君君在一家电器厂上班，她和同车间一位姓张的工友相恋。

一切发生得自然而然。流水线的工作三班倒，每次轮班都是她和小张。有时上夜班，小张会送她回家。一来二去，两人熟了。君君不止一次在我这儿提起小张，说他幽默，一肚子笑话，总能逗得她哈哈笑。小张好学，业余时间还在夜大进修。"他一定不会止步于车间，只做工人的！"君君对小张信心满满。

那个夜晚，君君父母在我家，表示他们坚决反对君君和小张来往。理由有三：第一，小张不是本地人，生活习惯不可能与他们一致，以后势必有过年回谁家、哪个城市的烦恼；第二，小张和君君属于一个单位的同事，万一单位经营状况不好，两人都会失业，如果君君找个其他单位的，风险系数则会降低。"哪有两家企业同时破产的？"君君爸搓搓手，显示出他的远见，"当然，最好别找企业的，你都在企业了，还不找个事业单位的？保险、稳定！"君君爸感叹，君君妈附和。第三，有比小张更好的人选等着君君。君君的姑父是个小领导，据他说，大领导的侄子单身，君君姑父正在撮合君君和那个"侄子"。

那是一个夏夜，正处于暑期，即将升大四的我平生第一次受长辈的重托，领取"特殊任务"，充当说客，说服君君"弃暗投明"，放弃小张，投奔"侄子"。

君君妈甚至帮我准备好了台词和谈话的策略。她让我第一步谈在大学里遇到的优秀男生，以显示出小张的局限性；第二步谈稳定的重要性，企业不够稳定，小张不够稳定，君君无法改变不稳定，所以要尽可能选择稳定，并且选择能带给她稳定的异性。那时还没有"PUA"的说法，君君妈却无师自通地掌握了"PUA"的精髓。

第三步，君君妈教我，准确指出君君的缺点，比如上学时成绩不好，看人眼光不会准，长得也不是一等一的美人，"顶多算清秀"，在爸爸妈妈的庇护下，能托人介绍领导侄子这样条件的对象，"偷着乐吧"，"多少人想都不敢想"，"别身在福中不知福"。

盛情难却。第二天晚上，如君君父母的安排，我来到他们家中。除君君外，每个人都在演戏：我演不知情，君君父母演不知道我会来。

他们送了盘水果进君君房间，找了个理由出门，让我们好好叙旧。君君见四下无人，满是愁苦地对我说，父母正在逼她和小张分手，强迫她和完全不认识的人谈恋爱。

"我该怎么办？"她泪如雨下。

看着君君的泪眼，我没办法将她父母的原话直接传达给她，只好说，不被父母祝福的爱情注定会有波折。我说，也许她觉得小张好，只是因为她没接触更多的男性，她对小张所谓的"真爱"，和父母反对产生的逆反心理有关。至于那个领导的"侄子"，或许她多加了解后会有新的发现，至少能做个备选吧。

我不知道我有没有完成任务。我想，起码我不至于违背良心。

暑假结束，我回学校。等到春节回来，听说君君经历了离家出走、和父母脱离关系、七大姑八大姨轮番上阵游说等戏码，而君君妈还找了君君的车间主任，不知发生了什么，总之，小张和君君再也不能搭班，君君不久也被调去其他车间。

七月，我大学毕业，国庆节参加了君君和那个"侄子"的婚礼。作为新娘子，君君并不高兴。作为岳父岳母眼中美好、靠谱象征的"侄子"也没有想象中那么"稳定"并且有强大的靠山。几年后，机关改革,"侄子"失去保障,领了一笔买断工龄的钱,回家做小生意。日子不温不火,夫妻关系不咸不淡。君君因为喜欢孩子,从车间被调去工厂幼儿园,考了教师资格证,攒了十来年的经验,最终盘下一家幼儿园,成为当地有名的民办幼儿园园长。

小张是君君心底的痛。就在去年,君君还向我说起,当年她如何在雨夜和小张提分手,两人抱头痛哭。君君对他说:"如果我和你继续在一起,我妈就要割脉,我实在没办法了。"回忆时,君君的眼中闪着泪光。

俱往矣。

"出国干吗呢?出国有家里舒服吗?出国认识个不三不四的男朋友,我怎么办?考什么研?女孩子应该赶紧结婚、生孩子。我帮她联系好了工作,大学毕业就安安分分回到我身边,以后我还能帮她带孩子。"

"偷着乐吧!""多少人想都不敢想!""别身在福中不知福!"好熟悉的画面,好熟悉的话。

我想起那个夏夜,想起泪眼婆娑的君君,想起"侄子"和小张。我岔开话题:"你老公怎么看?"

君君愣了下。她叹了一口气,说:"事到如今,我也不想瞒你,我们早离婚了,实在过不下去,没有感情基础。之前为了孩子高考,一直住在一个屋檐下,现在无所谓了。我们总是吵。我爸妈说,他们很后悔。"

我跟着愣了下,说:"希望你别后悔。"

只吃鱼的中段

顺顺总是说,她没有大富的命。

她先后买卖过几套房,买的价位不是最低的,卖的价位也不是最高的。

其中,包括一套在老城区可能会被拆迁以拓宽道路用的平房。拆迁的传闻传了好几年,邻居们一次次失望,又一次次满怀希望。顺顺卖房前又是一轮希望期,左邻右舍互相鼓励要"屏住","屏住"的意思是压制、掩饰急于抛售的欲望。可顺顺不想再等,她需要现金,需要换一种生活。拿到钱,她就能换房、搬家,住得离单位近些,跑步上班,在家推窗就能看到一片湖,感受到什么叫"秋色连波,波上寒烟翠"。她耗在等待拆迁上的心力、精力太多。希望、失望,不如把对新生活的展望变成现实。再说,何时拆迁、拆不拆,都是传闻。传闻转为白纸黑字,白纸黑字落地,都不是一朝一夕能完成的。这次的买家有诚意,加了两回价,抓住眼前的机会更要紧。

顺顺交钥匙那天,许多人围观。

街坊邻居们看着顺顺长大,他们中的一人叹息着:"顺顺,你太着急了,再等等,是这个数!"

剩下的人附和,附和声中有不同的意见,分歧都是关于数字的:

"不不不，起码这个数！""开玩笑！不到××数，我不会答应的！"他们或报数，或比画，顺顺感觉某大爷十个指头都不够用了。与其说邻居们是为她惋惜，帮她算账，不如说他们在为自己画饼，比画的数字是各自的心理价。

五年后，传闻成真，平房真的拆迁了。顺顺已在单位旁"安营扎寨"整五年。五年来，她告别交通工具，更换过二十双跑鞋，扔掉十五斤赘肉，每天第一个进单位门，再不用为堵车、打卡、迟到烦恼。她把夜宵戒了，加会儿班到家也能赶上正常点吃晚饭。家务全部做完，还能陪孩子读会儿书。家门口的湖、两岸的柳、满天彩霞、春日的樱花、夏日的风，计划内的秋色连波、意料外的冬日户外冰雕节，都成了顺顺一家的快乐所在。

邻居们"屏住"的代价是五年。成果有，但没有他们想象的大，十个指头十倍的价证明是妄想，一根半便够了。他们确实是以顺顺卖房时房价 1.5 倍拿到拆迁款的。

出十个指头的某大爷成为弄堂中最后的留守者，确切地说，是钉子户。该大爷的心理价是十个指头，对于一根半无论如何不能接受。他不走，拆迁方不想纵容，修路时绕过他家，连一根半指头都没给他。

"太贪了！"

"还不如当初学顺顺早点卖，换好房子，家近是个宝，早享受几年！"

"顺顺也不亏呀！顺顺换的房这几年也升值了！"

老邻居们聚会提起某大爷的失算，提起顺顺的选择。

"我没有大富的命。"顺顺笑着说。

顺顺没有等,没有拿一根半指头的拆迁款的实际原因是,当时有拆迁的消息,老房子已经升值不少,达到她觉得合适的价,再往后会升,可算了算与房子有关的人生——距离、健康、孩子的童年。考量了性价比,顺顺还是决定出手。

"落子无悔,只管此刻满意不满意。"她边签房屋买卖合同,边对家人说。

参加老邻居庆祝拆迁成功的聚会时,顺顺刚推了另一个能大富的机会。她的台词仍是"我没有大富的命"。

几个要好的同事参与了一项理财项目。顺顺在他们的带动下,投了五万元。第一个月拿了三千元的利息,第二个月五千元,现在是第三个月,大家都鼓动顺顺再投、多投,他们均倾囊,甚至借债投。

在此之前,理财方面,顺顺买的都是稳健型的基金。这次的项目,如果不是同事们极力推荐、身体力行,顺顺是不会加入的。但昨天她被理财项目方召集开会,被许诺更璀璨的未来时,她动摇了:"到此为止吧。"投进去的钱无法撤出,没必要撤出,但要更多,却是没有了,顺顺的真心话是"不赚看不懂的钱"。目前,这项目的利息,她看不懂了。

到了下个月,利息果然更多了。投得多的同事喜笑颜开。

一位同事笑话顺顺:"后悔没?"

顺顺表示:"利润高,则风险大,我的小心脏啊,五万的风险扛得住，五十万的风险扛不住。"

"五十万？"同事笑得更大声了，"我投了一百多万！"她凑到顺顺耳边说。

利润高、风险大的理财产品刺激更大，顺顺拒绝受刺激，那便要忍住另一种刺激，来自同事赚了大钱后的羡慕。

第四个月、第五个月，利息照常。

第六个月、第七个月，利息明显下滑。

第八个月，大家有点抱团取暖的意思了。

到了一周年，理财项目方人间蒸发了。

借债、倾囊投资的同事们纷纷哀号。大家聚在一起算账，唯一赚钱的竟然是顺顺，她只投了五万，上涨时期的利息早与她投的本持平，还略有盈余。这回，受刺激的、羡慕的轮到除顺顺外的所有人。

顺顺安慰众人之余表示，当初被告知投得多、赚得多时，她不是没有犹豫过，但她总感觉哪里不对。归根到底，她觉到那个点了——她能控制的风险、能接受的利润的点。

"你炒股吗？"同事们好奇。

"炒。"顺顺答。

"赔还是赚？肯定是赚。"经此一役，同事们对顺顺佩服得五体投地。

"到点就收。"

"什么点？"

"每个月赚够家里的生活费，比如生活费两万，那就两万收，生活费一万，赚一万便跑。总之，赚到我心里的数马上收手，绝不恋战。我呢，自知没有大富的命，是个只能吃鱼中段的人。"

"鱼的中段？"

从前的邻居、今日的同事就该名词对顺顺做出同样的要求："名词解释一下吧！"

顺顺在邻居聚会时，曾拿筷子指向圆桌转盘上的一条鱼演示——

如果鱼头象征一件事最大的利益化、一桩生意最高的利润点，鱼尾象征最低价，鱼的中段象征不偏不倚的中间点，比鱼尾高些，却比鱼头低。有的人只想要鱼头，最后却只能得到鱼尾。愿意接受鱼中段的人，看起来没有获得最大利益，但综合考量，是在每一件事、每一桩生意、每一条鱼上是不跑空、最保险、永远有收获的人。

邻居们恍然大悟，为什么顺顺卖房时可以接受低于预想中拆迁款的价格。

同事们恍然大悟，为什么顺顺投资时可以及时止损，不做盲目投入。

当然，他们还想起并提起顺顺曾做出的类似选择。

有段时间，顺顺利用业余时间做了一个微信公号，收入颇丰。不断有人劝她辞职，全职做自媒体。不承想，顺顺却转手将做了两年的自媒体卖了。之后同行挣得盆满钵满，再后来，开始走下坡路，一些人把凭运气挣的钱凭努力亏完。

顺顺卖公号时，很多人不解为什么不继续，顺顺的理由是"累了"。是啊，和等拆迁一样，付出的时间、精力太多，不值得；和投资理财项目一样,达到了自己认为可以的点,是时候退出了。

我没有大富的命,只能吃鱼的中段。每条鱼,我都能吃上中段,我就是那个吃到肉最轻松又最多的人。

对趋势的判断、经判断下定的决心、一旦下决心就马上行动的能力,是顺顺能顺遂一生的奥秘吧!

不办卡就不会有的焦虑

几天前,我去门口中医馆推拿。老板命我躺下,换上医馆自备的衣服。他打量了我肿痛的右肩、右胳膊,用熟练的手法给我这儿揉揉、那儿按按。他的手掌、手指所到之处,无不准确地触碰到我的痛点,让我痛并快乐着。推拿完是拔罐,拔罐完,上他家祖传的药酒,药酒均匀涂抹在我的皮肤上,再来一场用特制的灯进行的炙烤。烤干后,药酒会形成一层薄薄的膜。我摸一摸,原本疼痛的那块儿因为有膜,木木的,反正不疼了。

"果然有奇效!"我赞叹道。

这家店,是我的邻居推荐给我的,据说已经开了十几年,还申请了非遗项目。

"除了贵,没毛病!"邻居推荐我时,指出了它唯一的缺点。

是啊,单次四百元,全程不到一个小时。我想和老板还还价,结果出乎我的意料,老板痛快地答应了。他说:"给你打五折吧!"我心头一喜,孰料,他后面还跟着一句话,"办卡:充一万,打五折;充两万,打三折,三折之外,还送你一只猫。我们家猫刚生了一批,五只小猫,特别漂亮,纯白,无杂色,先充先得。"

卡,我自然不能办,因为我发过誓,今年及去年的新年目标均是四个字——绝不办卡。原因无他,没有一张卡我用完过。

以健身卡为例——

十年前,我在北京北五环外的家附近办了人生第一张健身卡。当时,我雄心勃勃,一心要练出马甲线,和健身教练一起制定了一年起码上一百节、一周起码两节无氧器械课的计划。

无奈,健身房距我家步行要半小时,要穿过两条马路。北京没有风的日子屈指可数,大风起兮,尘土飞扬。五环外,大货车、混凝土搅拌车时刻在马路上呼啸而过。去一次健身房,洗澡成为最值得的事,健身则次之。来回走一小时比跟着教练练器械耗费的体力似乎多得多。

十年了,我早已搬离那个家,卡里的一百节课还剩六十多节吧。

第二张健身卡是我在东直门外单位门口办的。确切地说,是我接管了一位同事的卡。到了这家名为"追风"的健身房,我和同事办理转卡手续时才知道,她不是该卡的第一主人,第一主人是另外一个同事。我们办卡的原因相似——离单位近。他们转卡的原因亦相似——实在懒得去。

健身房前台工作人员笑了:"很多你们这种情况的。"

我离开北京时,把"追风"的卡转给另一个同事了。我说:"我现在才知道,即便只隔一条马路,懒得去就是懒得去。"

搬到上海后,我没有记住前车之鉴,更没有扛住诱惑,小区里的健身房进行促销活动时,我不由自主又推开了他们的门。

"姐,买五年送三年!"销售热情地对我说。

我摇摇头,这时的我自认为已经足够理智、清醒、谨慎,我只想单次买课,哪怕单价贵些,风险也容易控制。

"没有单次买课这么一说。"销售提醒我。

"那我买一年的卡。"我坚持己见。

"最少三年,和五年一个价钱,没有额外送的优惠。"销售抱歉地说。

"算了。"我扭头就走。

下一次路过健身房,销售精准地捕捉到我的身影,她迎上我:"姐,要不加个微信呗?有你要的优惠时,我再联系你?"我想了想,加了她的微信。

当晚,我接到了销售的消息:"姐,我给你磨下来了!买三年送五年!"如此划算!我畅想了下,每天送完孩子上学就去健身房跑步,每天接孩子放学前再去上一节课的情景。

痛快地付完钱,我恍然大悟,"买三年送五年"与"买五年送三年"一样的价钱,一样的优惠,我什么便宜也没占上啊!

健身房没有瑜伽,有段时间我背痛得厉害。在医院,医生提醒我不能做器械运动,可以做点舒缓的运动。出了医院,"瑜伽"俩字立马蹦到我眼前。我掏出手机,搜索最近的瑜伽馆,买了一节体验课。约好时间,带好装备,火速上完,火速上钩——又办了三十节瑜伽课的卡。

我发现办卡这事儿像买书。买书的成就感只在付钱、到货、拆箱、拆开塑料膜、翻一翻、上书架的过程中,看没看、吸收没吸收似乎可以忽略。办卡也是，健身和对让自己变得美好的要求绑定，要求只在付钱、拿到卡、畅想马甲线附身、做计划排课时有愉悦感。真的到了上课、该锻炼那一天，总想找个理由不去或拖延去上课。

而说服你办卡的人很像渣男，他们的甜言蜜语、各种承诺、展望只发生在你动念却未下定决心下单时，一旦你下单，真金白银付出去，你爱来不来。除非，你不去，对方销不了卡中的科目，无法拿到属于他的真金白银。

我手上握着一张八年的健身卡、一张三十节课的瑜伽卡时，想起北京五环外那张陈年老卡。不知道运动员有没有我的运动卡多。

当我把新瑜伽卡放进卡包时，发现它的同类已经将包撑得鼓鼓囊囊。它们分别是京沪两地的美容院卡、美发卡，酒店、饭店积分卡，孩子各种游乐园的卡，品牌服饰店的卡，生鲜超市、甜品店卡。我不禁追忆起何时何地迎它们回家、一共用过几次、共计花费多少钱。

坦白地说，凡是和生活方式相关的，都用不完。你所想象的跑步、瑜伽、书店看书、手工作坊做手工都停留在想象中。凡是和吃吃喝喝相关的，都用完了，也都续上了。它们消耗虽快，可消耗期间你总会遇到其他优惠，明明卡里还有钱，你却莫名又充了一笔。以某水果连锁店为例，"充一千返一千"，之前的一千，我历时半年刚铆足劲儿花到剩二百，优惠当前，我忍得住吗？忍不住的结果仿佛被限制、被绑架，办了 A 水果店的卡，只能在 A 店买水果，办了 B 蛋糕店的卡，想买 C 蛋糕店的会觉得浪费，要么走开，要么重复办理。

瑜伽课，我没上几节，因为教练换了。新教练的指令，我无法领会，不了了之。

八年健身房的卡，一年能去八十天吗？没算过，不敢算。

前不久，和大学同学在一家安徽老字号餐馆聚会。服务员劝我们办卡，能加送半桌子菜。我再一次宣布，我的目标是"绝不办卡"。在座一位本已蠢蠢欲动掏出钱包的同学停下了动作。

我说起我的每一张卡都像一个前缘未了的前任，似乎在，又似乎断了联系，终究是错付了。绝不办卡是痛定思痛后亡羊补牢，是基于对自己的不信任、对过往经验的总结、对错误的避免、对风险的控制。

大伙儿频频点头。其中一人说起她的血泪史。孩子的英语线上课花了好几万，还剩一千多节口语课呢，培训机构倒了，钱追不回来了。"现在，我的方针是，能单次买的就单次买，不能单次的，只充三个月内一定能花完的。"

"我的方针是，能单次买的就单次买，不能单次的，只充三个月内一定能花完的。"我重复同学的话，对中医馆的老板说。

"三个月，十二个星期，每周一到两次，五千到一万，你充一万，我给你打五折。"老板比我精明。

"可是，您这边是可以单次的呀！"我笑眯眯地掏出手机付款。"叮"的一声，划走了四百元。

老板仍在叹气："你原本可以两百块做一次的。"

爱我就别让我坐过山车

临近开学,决心带孩子最后疯狂下。学校规定不能出城。我和几个妈妈商量,去城郊过两晚。

说走就走。带孩子玩,哪能不去游乐园?我看好游乐园,做好攻略,买票、订酒店,查阅特色项目及附近美食,最后不忘让孩子举起手发誓:"我绝对不会再让妈妈陪坐过山车。"

坐过山车是我的梦魇。记忆中,我第一次坐过山车是在北京欢乐谷。那会儿,我和当时的男朋友、后来的孩子爸兴冲冲玩了一系列失重游戏。什么跳楼机、海盗船、激流勇进……到过山车时,我们毫不犹豫,绑好安全带,只等铃声响,互看一眼,兴奋启程。

启程方知,和过山车相比,跳楼机、海盗船、激流勇进都是浮云。耳边呼呼风响,眼前横冲直撞。爬高时,我只觉心脏被单独拎出来一点点拉近嗓子眼儿。忽然,毫无征兆和缓冲,一个九十度俯冲,我尖叫起来,心脏又被某种神秘的力量踹回肚子,仿佛直达肚脐眼儿。我有点腹痛,难道肠子是弹簧,拉扯中用到了它?俯冲之后又是俯冲,翻转之后接着翻转。我感觉我的身体将要被抛出去,我的脸马上正面撞击地面。"完了,完了……"我喊着。"今天,一定死在这儿了。"我心想。

我往左看，发现左边的人闭着眼；往右看，只见男朋友面目狰狞，呈扭曲状。我想到美好人生的许多片段，盘算了下还有多少未了的心愿。风继续吹，我不知不觉哭了，眼泪被风吹到后脑勺。剩下的时间，我发着抖，闭着眼，牢牢抓住保险杠，心里默数"一、二、三、四、五……"。牙咬到酸，数没数到一百，就有工作人员提醒我们松开安全带。可为啥我的身体仍在晃？我撑着扶手和男朋友，两腿发软走出过完山的车，"哇"地吐了一地。

第一次坐过山车，我的收获有三：其一，明白一个事实，不要在上车前吃太多东西；其二，拥有一份谈资，毕竟当年的欢乐谷过山车号称中国前几、亚洲前几，我"出道"即巅峰；其三，拍到一张不可复制的照片。过山车上安置了摄像头，随机抓取每个乘客的表情。照片中，我的头发齐齐往后，眼睛鼻子皱成一团，上牙咬着下唇，上唇肿胀。若干年后，我在产床上拼搏时不禁想，现在就是那张照片的情景再现吧。

周末去了欢乐谷，周一上班时我即用上了这谈资。
坐我对面的同事西听我描述完惊魂一刻的感受，贡献了她的。
"下次，你尝试一下太阳神车。"她平静地说。
"那是什么东西？"我有种不祥的预感。
"过山车中的霸主，不但车在转，转盘也跟着转，自转的同时公转。"西向我介绍说。
"恐怖吗？"我好奇。

西目光木然，看着前方说："我坐在车上，从头到尾只喊一句话：'放我下去！我要回家！'"

画面感太强，我被逗笑了。

"而我坐了两遍！"西愤愤道。

后来我才知道，西那时爱上一个平民冒险家。这位冒险家热爱徒手攀岩、海边冲浪，曾于京郊青龙峡的大桥上用绳索绑着双脚，头朝下蹦极，在一拽一牵中，享受惊险带来的快感。所以过山车算什么？两遍算什么？据说，西第一次从太阳神车下来，脚软头晕如我，她没缓过神儿，又被那位冒险家架着胳膊重新排一遍队。当西连连摆手，那位冒险家兴冲冲的眼神征服了她，还有一句魔咒似的话："爱我就陪我坐过山车！"

我也是后来才明白，只有真爱，才能在根本无法消受的情况下陪对方坐过山车。由于我和老公对过山车的忍耐力近似，从没用此物验证过彼此的情感。几年后，当我们结婚、生子，孩子渐渐长大，真正的磨难正式开始。

孩子两岁多，便一再要求坐摩天轮。三岁刚过，他着急忙慌搭上最低配版的空中飞翔式游乐项目——小飞机、小飞鱼什么的。一到五岁，他说啥都要尝试过山车。在上海迪士尼，从速度尚可接受的七个小矮人矿山车逐渐加码。八岁生日当天，他要求坐最高配的极速光轮，我头皮发麻，却要被迫接受挑战。

此次，同行游玩的人包括他的小表姐，以及小表姐的妈妈、我堂妹。

"为什么别人的妈妈就敢坐过山车，别人就能坐过山车？"孩子楚楚可怜地看着我。

"因为你妈尿。"我想说，但没忍心说。

我壮着胆子再次登上过山车通道时，像被无形的绳索绑架。我先为他扣上安全带，再扣自己的。我嘱咐他："闭上眼，很快就完了。"

"为什么要很快完？"孩子纳闷。

离地百米，风呼呼吹，我的心脏提起又放下。其间，我不可避免地尖叫。我偷偷睁了一下眼，见孩子一脸享受。正值换牙际，他咧着缺门牙的嘴哈哈大笑。

"没事吧？"他们仨事后问我，轮流拍我的背，因为我又吐了。

此后，孩子爸和我，谁陪逛游乐园，谁陪坐过山车，谁惊心动魄。一次体检中，孩子爸测出眼压过高。他拿着报告向我们报告，以后不能坐过山车了："眼珠子会掉出来！"面对如释重负的他，我对报告的真伪起疑了。

父亲"摆烂"，母亲"躺平"。随着孩子年岁渐长，个头渐高，我们及时更新了对他提出的要求的满足方式，要么坐孩子可以单独上场的过山车，要么一大帮一起出行，总能找到一两个成人愿意陪孩子们坐。

在日本迪士尼，一个极富领导力的爸爸陪完他娃陪我娃，陪我娃的时间明显更长。我在出口迎接他们时，该爸爸脸色煞白，步履蹒跚。

"你儿子太勇敢了,我们一共坐了三次。"他说。

"可是,叔叔,为什么你一直叫?我一声都没吭。"我娃不解。

该爸爸在我心目中的形象越发高大,勇者不是不怕,而是怕也要完成承诺,他可是来来回回坐了四次过山车呀!

还是那次,一个妈妈在老公恐高的状态下孤身陪她的一儿一女坐了著名的"黑旋风"——黑暗中的过山车。她落地后表示,在三百六十度度翻转时,她这样思考她的一生:"我闪婚闪育,我的人生是不是太草率了,所以上帝惩罚我,人到中年,还要经受陪孩子坐过山车这种痛苦?"

几天前,我娃发完誓,不甘心地说:"也许这次运气好,别的大人能陪我坐过山车呢?"

他的运气不错,某妈天生胆子大,一拖二带着我娃和她娃上车了。

我站在黄色圆形轨道下方,仰视蓝天白云和过山车,微风拂过我的面颊,我想象他们在空中被狂风吹到翱翔的快乐。

稍后,某妈给我发消息:"搞定,刺激!"

西也给我发消息了,我刚拍了张过山车的图给她,我问:"你那口子如今还强迫你陪他坐过山车吗?"

西的回答令我吃惊。原来,她和那位冒险家已离婚,导火索便是坐过山车。一个不知名的小景区尚在试运营阶段,那位冒险家逼着西陪坐过山车。谁料中途停电,西被倒挂在半空中长达十几分钟。

"这些年,我受够了。什么叫'爱我就要陪我坐过山车'!这是逼我不爱他!"

"天啊,惊险项目有风险,不但要去大城市、大园,还要遇到能同频共振的人,甲之蜜糖,乙之砒霜。"我正想着,某妈拉着孩子们来到眼前,她说起她在菲律宾玩跳伞的经历,两个孩子满眼崇拜和羡慕。看着他们一起享受坐过山车的快乐,我对儿子说,人还是要多交点朋友,有的朋友可以陪你坐过山车,有的朋友可以陪你去打棒球,而妈妈我可以在过山车下面看你们放飞自我。不强迫别人也不强迫自己的关系,才能长长久久啊。

找到那件让你闪闪发光的事儿

几天前,我去理发,我的发型师对我说,他最近跟投了一家民宿,如果做得好,以后旅游旺季,他便不在上海待了,要去民宿帮忙,如果做得更好,他会离开上海,全心专职经营民宿。

我的发型师姓米,我们认识五年了。他是朋友推荐给我的,朋友的原话是:"你去小米那儿弄头发吧,别的不敢说,其他发型师剪的头三天甚至一周内都看着别扭。小米那儿,你当天从他那里走出来,就怎么看怎么好看。"

小米没有辜负我的期望、朋友的推荐。剪刀在他手中上下飞舞,如熟练、专业的外科医生拿着锃亮的手术刀做一场堪称完美的手术。他能在和你聊天的过程中捕捉你对发型的要求,矫正你对自身脸型的误解,他对各种和头发相关的颜料、药水了如指掌,对于温度、时间的控制,像大厨制作只要五分熟的牛排一样游刃有余。

我看过小米的朋友圈,见过他得到的业内诸多荣誉。他的徒弟遍布城市的各个角落。在小米的店里,我碰到过有熟客从外地回上海,专门找小米弄头发,说是其他人弄得都不够理想。

我刚认识小米时,他在陆家嘴一家高级商业楼开店。他做头发时,好几个学徒围着,不断有人给他打电话、发微信,预约他的下个时段、下下个时段。他在讲解、"施工"的同时不忘记招呼新来的客人，还眼观六路，耳听八方，关注每个员工的动向，时不时说一句谁谁做什么、谁谁又去做什么。

什么叫门庭若市，什么叫指挥若定，我看到小米在管理、迎来送往、业务能力三线并进时深有体会。

说回民宿，五年内，在小米告诉我的大笔投资中，这是第四笔。

第一笔是牧场。小米是广东人，在海边长大，不知为何，却对西北有执念。小米畅想过，等牧场做大，新品牌的牛奶畅销，他会全职加入，上海自然是不待了，连人带钱全部投入其中，大草原、奶牛们就是他未来的家和宠物。

第二笔是收藏。如果我没有记错，小米起码给我看过不同质地的钱币有七八种。有一次，我正在烫头，脑袋上蒸汽帽"突突"冒汽。蒸汽中，小米从裤兜里变戏法似的掏出一个红布小包，打开包袱，向我亮出一枚褐色的铜钱。他用拇指和食指捏着那铜钱举在我面前，让我仔细端详，向我解释该铜钱的历史、价值。"我专门去北京潘家园淘的！"他扬扬自得。除了铜钱，清代的陶罐、元代的花瓶，大大小小、真真假假，小米买了一屋子。

第三笔和他的手艺沾点边儿，搞生发洗发水，据说，这种洗发水不仅能生发，还能让白发转黑。小米曾详细为我解说原理，提起我早已生疏的化学元素。他解说完，看着我的满头黑发，实在觉得无用武之地，却仍不死心："可以让你爸妈来试试。你老公呢，发际线有没有升高？""相信我，我投了几十万在里面，不会拿自己的钱开玩笑的。"

没开玩笑？我知道，小米的前三笔投资大多打了水漂儿。小米是中专学历，学的就是美容美发，投资、农业、文物知识、化学产品都不在他的专业范围内，他明明靠手艺，靠多年来的摸爬滚打、资源积累，就能把店做好，做第一流的发型师，可发型师职业本身并不受他自己的尊重。他不止一次说过，这一行做到头"也就那样"，男人还是要干点正事儿，要有事业，这事业仅指实业——要让钱生钱，小钱变大钱，钱滚钱。

"给你看看民宿的照片。"小米给我吹完头，没急着动剪刀，先拿出手机，调出相册。

这家民宿在祖国北部一个刚开发的景区，上海还是秋天，那里已经白雪皑皑。这民宿是小米和几个朋友集资盘下来的，前任房东进行过基础装修，小米的朋友兼股东之一A现在当地监工，完成精装修。客厅的地砖还没铺好，落地窗外是隐约的山、清晰的树。

"这次投了多少钱？"我好奇。

"没多少。"小米收起手机，"因为手里的钱没多少了。"他呵呵一笑，"股市还亏了些。"

小米操起剪刀，握着我两耳边的头发，对着镜子，比画着、研究着，而后手起刀落，喊里咔嚓。

瞬间，细碎毛发在我眼前飘舞，一片黑雾中，我想起两个和小米相似的故人。

故人一,是我爸的同事——李叔叔。

李叔叔的本职工作是会计,他心细、业务熟练、人缘好。20世纪90年代,他一门心思迷上了发明创造,辞掉公职,卖掉房子,埋头做研究。三年闭门不出。三年后,他北下南上,四处推销自己的发明。我见过他在我家向我爸介绍他的那些发明时眉飞色舞的样子。李叔叔家在一楼,小院里摆着他研制的生产麻将席的机器,从新摆到旧。

"其实老李当会计是把好手,做点辅助性管理也不在话下。"我爸私底下和我妈讨论过他。

李叔叔的发明最终无果,他辞去公职,在那个年代颇需要勇气,他为他的勇气付出了代价。他破釜沉舟、倾家荡产,既没有单位为他兜底,自己也没有及时缴纳社保,如今退休工资是零。而六十多岁的他重新捡起老本行,去妻弟的公司管理财务。

李叔叔老了,却不糊涂,小舅子开了好几个厂,其中一个厂几十个人,他管账又管人,日子也算能过。

故人二,是我的一位同行。

他写小说写得好,年少成名,获过大奖,有作品改成影视剧,文学之路,对他来说,是老天赏饭。也许在某个领域成功太容易,便连自己都会看轻该领域;也许在一个领域成功太容易,便会有错觉,自己能搞定所有领域。

这个同行停笔多年,弃笔投"导"——导演的"导"。

他从作家到编剧,从编剧到兼任导演,从内容创作到找投资、搭建拍摄团队，从一个人能完成一项工作——写小说，到一个人要做所有事儿——搞定一部电影。十年来，他把十年前挣的钱全部砸进去了，结果那部电影没有上院线。他陆续拍了几部网剧，也没有荡漾出水花。听说他现在又回去写小说了，可身价已大不如前。

人为什么要看轻自己擅长的事呢？

那些一起手我就比别人做得好，那些我付出六十分努力能达到八十分、付出八十分努力能达到一百分的事儿，不是证明了我们做它游刃有余、确有天分吗？

你瞧不起它，你想有所突破，你要走出舒适区，可你得评估风险，衡量你想、你要与你拥有的之间的距离，能有一件事做得好，成为手艺、特长、立身之本已是幸运儿，什么时候都不能轻易丢开它所象征的我们的人生基本盘，大不了从头再来，不是每次都在新领域重新开始。

"我觉得，你把店经营好，有余力再去做民宿吧。"我盯着镜子里新鲜出炉的短发，干净、利落，比我想象得还要好。

"这家店，我已经盘出去了，下次理发，我发你新地址。"小米为我整理碎头屑。

五年来，小米的店从陆家嘴的核心商业楼的核心楼层搬到某商场的地下，搬到街边，店越做越小，人越来越少，投资的戏演了一出又一出。

说起演戏，我和小米讨论了会儿刚上热搜的一条八卦。

有个演员，当年陪女朋友考电影学院，女朋友没考上，他考上了。大学时候，他随便演演，一炮而红，之后轻轻松松得到"影帝"之名，属于第一代流量明星。但他觉得，男人嘛，一辈子当演员算怎么回事！于是，他投资房地产，做创意小镇，盖书院，谈国学，负债累累，上征信黑名单。如果一直演下去，在他那个类型的演员中，他一定是翘楚。

如果我们一直做那件老天赏饭、熟能生巧、游刃有余的事儿，会不会好过很多？

找到那件让你闪闪发光的事儿，别看轻你最擅长的事儿。

贰

一念放下，
万般自在。

你的魔咒

十几年前,我去北京参加研究生复试。我住在学校西门附近的一家小旅馆,那是一个半地下室。三月,暖气刚停,半地下室的窗能接收的阳光有限,下午四点后必须开灯照明。屋子阴冷,被子是湿的,人的心情也跟着潮湿起来。

我住了一周,每天和走廊里穿梭来往的同类切磋复试经验,分享备战心得。有人和我一样,初试过了才来此地。有人是为了复习方便,早在初试前就搬来住。有人甚至不工作,只考研,一考好几年,把小旅馆当作家。

年轻,目的相同,很快都从陌生人变得自来熟。大家总是聚集在某间屋,讨论复试与最终录取的人的比率、淘汰的标准,猜题、押题,传各种小道消息。越讨论我越心慌,越打听越觉得希望渺茫。

拿我报考的院系来说吧,招收十五名研究生,过线、参加面试的有二十五人。住进半地下室我才知道,十五个名额中,本校保送的已分走三分之一。

至于淘汰标准,我发现条条我都对得上。

"非应届,非名校本科毕业,性别女,同等条件下,你被筛掉的可能性更大。"一天,一个过来人提醒我。

正式面试前,我报考的院系专门给我们二十五个人开了会。招生老师表示，做好调剂准备，"中国还有很多好学校，不止敝校"。

"同等条件下，你被筛掉的可能性更大。"这句话如魔咒，在我的心里徘徊、萦绕。

复试是叫号的，所有人排在会议室门口等，我排倒数第二，排第一的人恰好是初试时的第一名。我怀疑这是录取的顺位，更忐忑了。不记得自己是怎么走出复试小屋的，复试全程的对答也像被删除的记忆，我只记得有位来自河南的女生紧张得哭了，还有一位长我十岁的男士面对主考官的提问瞠目结舌，面红耳赤，离席而去。

第二天一早，我买了回家乡的车票，匆匆离开北京。接下来的日子，像一个世纪那么漫长。我那时在一所中学教书，家乡的春天多雨，课与课的间隙，我总站在教室门口看楼外雨潺潺。

"同等条件下，你被筛掉的可能性更大。"这句话反复在我耳边响起。为什么？凭什么？我注定要被选择吗？这件事我毫无办法，毫无胜算，毫无主动权，只能等，无力感一阵阵袭来。

一个月后，录取通知书来到，等待有了结果。

事情虽然过去很久，但长达数月的自我否定和怀疑令我刻骨铭心。此后只要遇到被选择、无胜算的境地，我便会在意念中秒回那间阴冷潮湿的半地下室，"同等条件下，你被筛掉的可能性更大"就自动跳出来，一屋子人叽叽喳喳，一遍遍，一齐对我重复："你不行的，别人比你好很多，你做到了，仍然会被淘汰。"这句话如魔咒，在完全相反的两方面影响了我。

面对被选，第一念头是放弃。其一，找工作、考公务员、遇到各种比赛，我只要得知报考人数和录取人数的百分比，就连投简历、填表、报名都不想做。其二，实在躲不过，比如被分配任务，比如人生一定要争取的那些，总之"被选"成了必做题，我比一般人更有斗志，别人拿出一百分的力气，我拿出两百分，永远过度准备。我害怕竞争，竞争时却看起来比谁都更努力，更亢奋。

可是，我浪费的时间更多，受心魔折磨的程度也更深。

我以写作谋生。出第一本书时，我要花很长时间说服自己："你不会被出版方拒绝。被拒绝了，那就再试一家。"被拒绝了，那就再花一个无眠的夜默默疗伤。我甚至将所有能试的出版方全部列进一张表格，给自己五十次被拒绝的预算。

孩子幼升小，对口的小学迟迟不给消息，长达半个月，我什么也干不了。半个月后，在出差途中，在飞机上，我心烦意乱，在手机备忘录中列出四种备选方案：国际学校、私立学校、借读，或者干脆明年再上。我再花一个月逐一落实，力求十万倍保险，拜访了四种备选方案全部相关的人，研究政策，比对学费。直到对口小学通知入学的电话来，我才停止无休止的忙活。

说到底，我所有的过度准备，花在平复情绪上的时间、精力，不断的自问自答，都因为我怕被淘汰，还没有预案。

一天，朋友梅问我："你有没有总在一件事、一个心结上浪费许多时间？知道不对，还是要做？"

我一惊，仿佛被戳中，我正欲回答，谁知，梅自顾自地说下去。原来，她又恋爱了，这是我所知的第五次，而她和前四次一样，开心、兴奋、忧虑、怀疑、验证、烦躁……陷入死循环。

"为什么?"我疑惑。

梅是大美女,性格好,工作佳。从她十五岁起,追求者众多,而今已过而立之年,她仍人见人爱,车见车载。"过了热恋期,他好像对我没有之前那么上心了。"梅的两道眉蹙着,让人心疼,她的大眼睛藏在长睫毛下,睫毛扑闪扑闪。过一会儿,她泫然欲泣。梅举例,在被追求时及热恋期,男朋友总车接车送,嘘寒问暖。梅想吃什么,半夜三点提起,男朋友会跨越半个城帮她买回。现在,恋爱半年了,前几天她感冒,男朋友竟以加班为由没去接她,让她自己打车回家。"虽然是生活小事,可太明显了,充分说明,我不是他心中的第一位,还没领导重要。"梅分析着,叹息着。

"你不觉得自己小题大做吗?"我问。

"觉得了。"梅不好意思地回答。她追忆起前四任男朋友和她的种种过往。她吹毛求疵,他们疲于应付;她步步紧逼,他们争辩无效。"我知道这样不好,可我忍不住。"梅继续说,"每当我表示我累了,对方没有反应;打电话,对方口气没那么热情;我抓着手机等对方秒回,可他没有我都会想,他不爱我了。"

"像个魔咒?"我想起我的心结,不禁问梅。

"是的,我上班时常发呆,他的一个眼神我要想半天,我像被下了蛊,耳边常有人说:'他不爱你了,是你不够好,不能维持他的爱。'等他再联系我时,我会反复验证,反复问,不停地吵架,不停地让他做他不喜欢但是能表现爱我的事。这样不对,对他、对自己,都不好。"梅在反思。

"可是，是不是能把这种魔咒变得正向些？"我跟着反思。我说起我怕被选择、怕被淘汰，总是做很多种预案，总有许多备选，我因魔咒而起的习惯客观上确实让我免于慌乱，"只是，我不应该拿它吓唬自己。必要时，每当出现这种情绪，耳边响起那句话，我就该提醒自己，别慌，它只是你的心魔，忘掉它。事实证明，每一次，你都安全着陆，每一次你因它浪费的时间都是徒劳，根本无用。"

"是啊，事实证明，爱我的人不会离开我，我没那么不好，我反复验证对方爱不爱我的过程却让我显得不可爱，我更受折磨。"梅笑了，"以后，一旦心里出现这种声音，我就要为自己叫停。"

"好吧，说说你的新男朋友吧。他是做什么的？你最近觉得他冷落你，搞清楚真正的原因了吗？"我回到正题。

梅扑哧一笑，说："搞清楚了。男朋友最近在做一个新项目，每天心烦意乱，每天在思考领导是不是不信任他。他说，第一份工作给他带来巨大的心理伤害，满眼都是'宫斗'，从此，他跳槽去任何单位，只要遇到点事儿就会琢磨'他们是不是排挤我，领导是不是不信任我'，越想越难过，越难过越怀疑自己，像个魔咒。"

原来，人人心里都有魔咒，我们无意识地被这些"魔咒"控制着，焦虑着，一次又一次地想让自己生活在一个绝对稳定的环境中，其实只要心中魔咒被打破，你会发现，心境转变只在一念之间，能让我们豁然开朗，也能让我们如坠深渊。

人生大部分时候是自己不放过自己。

如何走出至暗时刻

一日,我作为嘉宾参加了一场活动,活动主题是"人生的至暗时刻"。

主持人简短开场,他提问什么是至暗时刻。台下踊跃回答,话筒传来传去,我印象深刻的有好几位。

一位女士款款起身,她说:"我远离家乡,吃过很多苦,在一线城市终于打拼出一片天地。但每当我打开故人们的微信朋友圈,看到一位同学只是因为嫁得好便得到我千般努力才能获得的优越生活,她赢得太轻松,我想不通,那是我的至暗时刻。"

另一位男士二十五六岁,看打扮是"码农"。他表示,自己曾连续加班三十六个小时,回到租住的房子,却意外弄丢了钥匙。他没有力气去配钥匙,蜷在房门前睡着了。醒来时见邻居们上上下下、来来往往,用异样的眼光看他,而他灰头土脸,像流浪汉,他觉得那是他的至暗时刻。

一个中年男人说,单位年底将大裁员,超过三十五岁的员工都危险,而他四十了。"这种惴惴不安等待靴子落地的时候,是我的至暗时刻。"

他们的发言令在场的人感同身受,频频点头。不久,话筒交到我手里。

观众席中,一位梳长辫的小姑娘忽然站起来,她满面愁云,眉头紧锁,她问:"对不起,我可以说说我的故事吗?现在就是我的至暗时刻。"

她忧郁的样子让我动容。我下台,把话筒递给她。

"我今年大二,前不久,一时糊涂,考试作弊,被学校开除了。我错了,我想折磨自己报复下处罚我的人,又怕父母伤心,我不知该怎么办,现在就是我的至暗时刻。"她再强调一遍,大眼睛里盛着渴望、焦灼和眼泪,"我怎么才能走出来?"

我看着她,她和其他观众看着我,我讲了两个故事,关于至暗时刻。

第一个故事短,关于为什么要走出至暗时刻,是已故明星上官云珠的。

作家陈丹燕的作品《上海的红颜遗事》中提到了上官云珠,在特殊的年代,受了委屈,她选择走上绝路。

一天凌晨,上官云珠从楼上跳下来,她没有直接落地,而是掉进一个菜农的菜筐里。那菜筐由铁丝编成,里面装满小棠菜。因为是凌晨,菜农要去菜市场送菜,他走累了,正好走到上官云珠家楼下,把菜筐放在一边,坐下来歇脚。没想到,上官云珠从天而降。据菜农回忆,上官云珠刚掉进菜筐时,意识清醒,语言有逻辑。她能清楚地说出自己是谁、住在哪里。她的血把菜和菜筐全染红了。稍后,她被一辆黄鱼车拉走,送去医院救护,可没到医院,她便死在车上。

菜农继续背着那筐被鲜血染红的菜徒步走去菜市场。他把菜交到菜贩子手中，菜贩子用橡皮水管把菜和菜筐冲洗干净。没多久，早市营业，一筐菜全卖出去了。买菜的人拎着各式菜篮子，听摆摊的小贩说着八卦，他们交头接耳，口口相传："知道吗？大明星自杀了，是跳楼。"他们回到家，将小棠菜洗洗、切切、炒炒，装盘，搬上餐桌，吃着、喝着、聊着刚才听到的八卦，而上官云珠此时已香消玉殒。

"每当想到这个片段，我的眼前总浮现两个画面，"我凝视着长辫子姑娘，"一幅是橡皮水管冲菜，小贩卖菜，人们做菜、吃菜；另一幅是上官云珠在铁丝筐里挣扎，血流了一地，她被抬上黄鱼车，再挣扎着看往医院的方向。"

长辫子姑娘不知我要表达什么。

我解释道："人为什么一定要走出至暗时刻？一定要挺住。因为即便你受了天大的委屈，你死了、消失了，不过是你个人、家人的损失，也只会给你的家人带来伤悲。对其他人来说，你的委屈，只是小棠菜上的血，洗洗就没了，你再大名鼎鼎，你采取极端行动也只会变成别人饭桌上的谈资。"

她若有所思。

第二个故事长，关于怎么走出至暗时刻，是我自己的。

十年前，我的房子惹上一场纠纷，房产证被撤销，首付打了水漂，贷款还要继续还，我莫名欠下巨债。和我打官司的人急于搬进来，可官司在进行，他不能如意。于是，一个深夜，我接到了恐吓电话。

对方粗着嗓子，盛气凌人，话中满满的敌意。他威胁我："你一个外地人在北京，老公还经常出差，我住在哪里，你不清楚，你住在哪里，我很清楚，你怕不怕？"

我当然怕。诚如他所说，我老公又出差了。我一个人在家，只在客厅开了一盏小灯，光聚在沙发的一角，我坐在角上，握着座机话筒，牙齿打战。我靠仅存的理智挣扎着，在对方自报家门时按下了手机的录音键。等他阴森森地说出最后一句"你看着办"时，我腾地从沙发上弹起，抓起衣服，打开门，奔下楼梯，冲出小区。

我是去报警。

打110电话已经不能抵消我的恐惧，我必须坐在派出所，面对警察，和他一起听录音，才能减缓我的恐惧。

此时已是晚上十一点多，北方冬天的户外黑、冷，狂风呼呼地刮，道路两旁的树秃着，只剩枯的枝丫指向天空。

这个点儿，公共交通工具都停了。我住在五环外，路两边只有几盏半明不暗的路灯。那时，还没有各种网约车软件。我等了一会儿，拦不到出租车，只有重型货车经过，掀起一片尘土。一辆黑车停在我面前，我别无选择。

十分钟后，我抵达最近的派出所。我找到值班警察，牙齿继续打战。我外放了恐吓电话的录音，极力让自己平静下来，哽咽着讲述事情的原委。警察办公室有暖气，但我的双手依旧冰凉。

那位警察看起来比我大不了两岁，脸白而窄，人瘦且高。他听完我的遭遇，目光流露同情。他表示，警力有限，二十四小时保护我不现实，只能随时发生情况，我随时来报，目前他能为我做的是给恐吓我的人一个警告。随后，他按我提供的电话号码拨了过去。对方本来还想抵赖，当警察说他掌握了电话录音，"依照××条例……"，对方的态度明显软下来。

"你先回去吧。"警察说。

"好的。"我裹紧白色羽绒服，拢拢领口，精气神儿仿佛全被抽离。

"你怎么来的？"警察随口问。

"打了辆黑车。"我随口答。

我走出派出所，发现那辆黑车没有等我。我回头，见派出所孤零零地立在宽阔马路的一侧，它是四周唯一的光源。摆在我面前最实际的困难是，我怎么回家。午夜的钟声敲响了，如果说我刚才在小区门口打到车的概率是百分之一，现在则是负一，风更大了，夜更黑了，树木枯的枝丫像要把天撕破。

来自恐吓电话的恐惧还未消除，黑暗里、荒凉中，我不知何去何从，更深的恐惧袭来。面对眼前的一条黑路，我的眼泪不知不觉流出，想想恶魔抽签般碰上的官司，想想山一般的巨债，这黑路就是我的路——绝路。

事实上，连这条黑路、我注视的方向，我都不能确定究竟是不是通往我家的。我硬着头皮往前走了几步。有乌鸦叫，听起来更像是不祥之兆。忽然，一盏大灯从我背后照亮，我整个人被光击中，瞬间全身麻木，疲倦、仓皇、紧张，没有比那更难的时刻了。

"谁？"几秒后，我抱着必死的心一鼓作气，扭头大喝道。却发现是辆警车，开车的是接待我的警察。

他把头从车窗中探出,灯光照耀下,他的脸白得发亮,他喊了我一声:"上来吧,我送你回去!"

十分钟后,我到了小区门口。路上,我和那位警察有没有说话、说了什么,今天,我全部忘记了。我只记得自己拖着笨重的双腿迈完六层楼近一百个台阶,拧转钥匙,打开家门再关上,把后背贴在门上,闭上眼。过了好半天,我才能均匀呼吸。

等我睁开眼,对着客厅没关的小灯,它和十几分钟前在我身后突然照亮的警车前灯重合,两束光并成一束光时,我意识到,我在,我的家在,人间的道在,基本的正义秩序在,那些我相信的东西都在,我就没什么好怕的。没有比那更镇定的时刻了。

那天晚上剩下的时间里,我坐在灯下紧锁十指,一件件捋我要应对的纷纷扰扰。

等天空现鱼肚白,我站起身,打开电视,想用嘈杂的声音驱除寂寞。电视里正在播放《艺术人生》,主播正在采访嘉宾,嘉宾正在痛诉过往一个难过的坎儿。在主播的引导下,嘉宾有时叹息,有时抹泪,观众的情绪跟着他的情绪起伏波动着。可是,没有人真的为他担心,因为所有人都知道嘉宾能坐在这儿接受采访,坎儿早已过去。

回忆往事,那个嘉宾显得那么大度、慈悲、清醒、条理分明、有行动力。我被深深吸引,继而受到启发。稍后,我把电视关成静音,我模仿屏幕中人,一会儿坐在沙发左侧,一会儿又坐到右侧。我采访我,我是主播,我也是嘉宾,我想象已是十年后,我问自己:"当年,你经历惊魂一夜,是怎么走出来的?"我再回答自己:"我先是去报警,然后回来整理心情和思路,我的官司之后是如何如何打的,我被影响的生活是如何如何回归正常的,我怎样努力赚钱解决我的经济困难的……"

此前,我像只鸵鸟,对于官司、纠纷,不去管,不去想,任凭命运的波浪将我往前推;此后,我主动积极地找律师、换律师,求助媒体,研究合同,学习法条,和原告谈判,一轮轮博弈,一遍遍算账……

过程中,支撑我的便是这种场景模拟。我梦想有一场真正的采访,在事情结束多年后,能在众人面前敞开心扉,展示强大。采访中,我一再强调在绝路前发现生路的顿悟——两盏灯给我的信念,我一再修正的"如何如何""怎样怎样"的方案。后来,我真的在现实中一一兑现,有了结果,结果并不算坏。

"到今天,整整十年——"我停顿一下,有些哽咽,我的目光始终在长辫子姑娘身上,"此刻,便是我曾梦想的采访、交流。当年我若不能走出,今天不可能在这里传递经验。我的经验是,人在走向绝路那一刻,如果意识到,除了绝路,还有别的选择、别的路,绝路就不再是绝路,人也就不怕至暗时刻。"

"别的选择?"长辫子姑娘喃喃。

"你真的没有别的路吗?"我问,"接受开除,刨除情绪因素和丢脸的考虑,你还拿着高中学历。那些原本只有高中学历的人是怎么生活的?或者,几年前,你根本没考上大学,你现在在做什么?"

"如果我没考上,只是高中毕业,大概会直接找工作,或者复读、重新高考。"长辫子姑娘答。

"直接找工作，能找什么样的工作？"

"超市收银员、小公司的文员，倘若那样，我也会业余读函授，一步步拿到本科学历。"

"重新高考，你的胜算有多大？"我追问。

"到复读班认认真真读一年，相信还能考上。"长辫子姑娘露出坚毅的表情，"可是，我还是觉得学校不该因为我犯一次错就判我'死刑'。"她咬着牙。

"是的，你当然可以选择不接受学校的判决。事实上，听你的描述，我也认为学校的处理有问题。不接受，那就和学校打官司，打到你拿到认为合理的结果，打到你输也输得心服口服为止。"我建议。

"对。"长辫子姑娘点头，"我就是不服。"

"现在，你至少还有三个选择：一是接受，去找工作；二是接受，重新高考；三是不接受，和学校打官司。当然，你还有第四个选择，家境小康，还能出国读书。"

"我先回去和父母商量，再找律师，和学校正式谈谈。"长辫子姑娘说。

"想想吧，日后你发达了，被开除这事儿只是一段花边、传记里的一则旧闻；日后你在别的地方求学成功，说不定还能回到曾经的学校任教，和开除你的人叫板，这才是真的报复。"我用了激将法。

长辫子姑娘扯扯嘴角，竟想笑，她坐下去了，刚才发言的几位陆续站起来。

第一位女士说:"对,至暗时刻也好,情绪黑洞也罢,我试着和做全职太太的同学较量。有一次,我听她说,她居然羡慕我的生活,羡慕我有班上,说我的工作有价值。她向我抱怨全职太太的生活在光鲜背后一地鸡毛时,我感觉好多了。"

第二位码农回忆:"那天,我坐在家门口像流浪汉,很难过。但我睡饱了,有力气起来,出门配钥匙,回去洗个澡,换上干净衣服,照旧还是条好汉。嘿,我总比无家可归、真的流浪街头强。"

第三位害怕被裁的中年男人表示:"其实被裁又怎样?以我的学历和资历,市场再不好,我虽然未必能找到如意的工作,但找一份一般性的工作养家糊口还是没问题的。"

满堂喝彩,许多人鼓掌,长辫子姑娘在他们中央,脸上的愁云淡了些,眉头开了些。

上官云珠带着污血的脸、我在一片黑暗中惊惶的脸、警察在车窗里露出的白得发亮的脸,在我脑海中一闪而过。对着长辫子姑娘的脸,我希望,蓦然回首,她在绝路外,在光照下,还能发现别的路,毕竟每个人都在深夜中迷惘过,以为走不出去,事实证明,都有另一条或几条路。

那些无法消散的乡愁

一日,前同事敏发来一则消息,她家乡的媒体征集本城的宣传口号。据说,如若采用,一个字奖励一万块。敏跃跃欲试。

敏的家乡是潞城,在南方,山清水秀,我有幸去那里旅游过一次。当地有个著名的景点,沿途山壁,题诗不断,鸟语花香,泉水淙淙,几座村屋点缀其中,当真如桃花源般祥和、美好。传说,古代历朝都有高人隐居在潞城,我也常在书中见到诸多和潞城相关的笔墨。敏对家乡的眷恋和自豪,我能理解。

看见敏的消息,我笑了。我说:"敏,你绝对有资格去投稿,就凭你对家乡的厚爱深情。"

我不是恭维敏,任何一个陌生人翻开敏的微信朋友圈都会以为她一直生活在潞城,朋友圈里有潞城的风景、潞城的月、潞城的小吃、潞城的风俗。只有在"不如归去,不如归去""式微式微,胡不归"的叹息中,你才会意识到,原来敏和她发的风土人情有距离。

敏在北京已生活十几年了。她来得早,那时单位还能解决户口,她在房价没涨时买了房。如今,她工作稳定,婚姻稳定,和丈夫在一起十年,孩子九岁。她在北京的社交圈完整,事业上有人脉,私下里有伙伴,邻里关系不错。大学,她不在北京就读,可人生各阶段的同学——正式的、非正式的，能在北京凑成一个班。一句话，不论在外人眼中还是在敏最看重的家乡人眼中，她都早成为这城市的一分子了。

然而，敏总能让人感到她与环境格格不入。有时，我甚至认为，乡愁是敏的万能借口、安全港、避难所。

孩子学习起起落落，她打打骂骂。最后，她将原因归结为城里诱惑太多，如果在老家，民风淳朴，小朋友们一心学习，没那么多娱乐的花样，便不会分心。可她忘了，家乡的小朋友，包括儿时的她在内，人生的至高理想就是去大城市读书。每年，敏还会亲自接来好几位家乡来京的学子。

单位工作忙、压力大，一度"996"。加完班，敏对比老家同学群中最悠闲的那帮人，向我感慨："瞧，如果当初我毕业留在老家潞城，随便找份工作都比现在强。"

"强在哪里？"我好奇地问。

"早就过上打打麻将喝喝小酒的生活，无忧无虑。"她答。

可她又忘了，当年，她说过，在老家并不好找工作，机会少，熟人社会，没有关系很难出头。再说，谁又会把自己真实生活的所有都"晒"给别人看呢？也许她的同学们辛苦谋生的那一面不过是被藏起来罢了。

周末有亲子活动，敏的全家一起去看展，从城的此端去彼端。敏唉声叹气："如果在潞城，去哪儿都半小时到！"她忍不住拍下堵车的照片，发到微博里。可她偏偏视而不见的是，在老家，根本就没有那么多展览。

敏的乡愁无处不在，人到中年，烦恼一多，犯思乡病更是不分场合。时间长了，敏的身边人都能说出几个案例、被敏因乡愁刺激到的时刻。

"敏做馒头时，我提醒她放碱。她说：'我们那儿，碱都是擦玻璃用的，是清洁制品，你们北方人，居然拿来吃！'"我的另一位前同事孙被敏气得不轻。

"和敏打牌，她非要按她老家的规矩来。四个人，三个人要跟她现学，还要向她表示，他们那儿的规矩最简单！"团建后，敏的第一拨牌搭子也成为最后一拨。

我亲历并印象最深的是，有一年，我们部门年终聚餐，满桌子菜，敏摇摇头："唉，北京真不如潞城，在潞城，随便进哪家饭馆，都不会让你失望。"一时间，满桌人对着满桌菜，不知该说些什么，是同她一起赞叹她的家乡呢，还是一起埋怨此刻的饭菜及挑选饭馆、点菜的人呢？

当集体陷入沉默，敏再发声时，席中一人忍不住回击："是不是任何事物只有潞城的最好？那你为什么要离开？回去呗！"

敏瞠目结舌，脸腾地红了，她拂袖而去，事后责怪撑她的人不懂礼貌、不通人情。

敏无处消散的乡愁、敏近乎偏执的家乡自豪感让我如此熟悉，令我不禁想起自己有类似情绪和表现的几个时间点。

其一，十八岁时，我从家乡合肥去三百多里外的安庆上大学。

同省，两地差别不大，只是安庆更多雨，空气更潮湿，方言听不懂，对说惯、听惯普通话的我是种折磨。有段时间，一听到复杂、浓稠的安庆口音，我耳朵自动发烧。而我对抗不适应和思乡情的办法就是在学校只和同为合肥籍的室友交往，不断增加回家频率，从一开始俩月一次发展到后来一个月两次。

其二，我二十来岁时，从安徽到北京读研，两地气候千差万别，北京离家千里万里。从前，我一个月回家两次，到北京后离家太远，学业太忙，要实习，要找工作，四个月才能回合肥一次。不夸张地说，乘坐公交车时，听见有人说一句带江淮腔的话，我都冲动地上去认老乡；在学校，我更是积极参加老乡会抱团取暖，这成为我抵抗乡愁的最佳方式，而所谓"老乡"，除了合肥人，便是安庆人。

之后，我毕业，经历租房、买房、结婚、安家，从一个单位跳去另一个单位。和敏一样，每当郁闷，便埋在家乡菜中，一顿猛吃，马上被治愈，获得力量；和敏一样，每一次回老家，都是和平行空间的自己对话的痛苦过程，看到任何一个和我同龄的故人，想到当时我若是做出不一样的选择，今天就会和他或她过着相同的生活，只要他或她身上有我羡慕的一点，我必会怀疑我离开家乡是否正确。

其三，几年前，我因家人事业发展，举家从北京搬到上海。把上海的家安顿好，我竟一再梦到北京地铁五号线，有一次醒来，枕巾居然是湿的，一如年少时从合肥到安庆，大学第一夜，我在寝室的床铺上因思乡而流泪。

我和北京的公司合作越来越密切，理由简单，我能以正当名义出差回去。我写了很多文章，都以北京为背景，其中一篇小说是关于我安在北京的第一个家——《立水桥北》。我继续寻找和我有同样经历的人——从北京到上海的那些，继续抱团取暖，我们会聊两个城市的不同，聊你为什么走、我为什么来。

从前刻骨的乡愁，如今看来多像没搞懂规则的游戏。

我敢打赌，敏有一天去另一个城市生活，一定会同时怀念潞城和北京。无他，因为熟悉被打乱，因为不适需要出口，而人生时时、处处、事事都会引起不适，和你所在的具体城市本身无关。

这些年，我总和人讨论无法消散的乡愁，我总建议——

买房。是的，如果你留恋一个地方，又不得不远离，你最大的痛苦来自回不去。条件允许，在那儿买套房吧，当你意识到进可攻、退可守，永远有个家在你身后等着你，乡愁自然会好很多。我在合肥买了套小房子后，便可以信心满满地说，我还是合肥人。

多想想离乡的意义。当我无休止地问自己，为什么要离开老家来大城市漂时，我恰好听到著名作家格非的讲座，讲座名为"文学与他者"。格非老师说，写作需要距离，如果鲁迅一直在绍兴，他不会写出《社戏》；沈从文一生在凤凰古城，他可能写不好凤凰。我们只有离开一个地方、一个人，才能看清楚，以及梳理明白内心的感情。是的，那一瞬间，我忽然明白，为什么我在安徽时从没写过安徽，而是在北京开始写安徽；来到上海后，每当我思念北京，我都会拿起笔写北京。

多想想，究竟有多少乡愁是乡愁本身，还是对曾经选择的不确定想要一颗后悔药。

不知而今的敏是否还像之前一样，乡愁浓郁得冒犯到周围人等。我沉思时，敏发给我一份文档，我打开一看，其中有十几条关于潞城的宣传语，字字珠玑，满纸真情。

"你帮我把把关，"敏说，"什么时候有空再去潞城玩，到时候住我在村里新盖的房子，有四个卧室！"

"这是要搬回老家了？"我疑惑地问。

"不，去年我在老家过年，和村里的老太太聊天。我们在河西，她娘家在河东。她说，她一辈子都想河东的家，如果在河东，她什么都会更好些吧。我笑了，想到了我自己。"敏说。

敏无处消散的乡愁啊，终于被治愈了。

让我们四海为家，随遇而安，有牵挂，而非被乡愁羁绊。

妈妈的妈妈是妈妈

秋秋和妈妈的关系不好，"冰冻三尺非一日之寒"，她们之间的问题是历史遗留问题。

秋秋的童年乃至少女时代，妈妈的角色都是缺失的。小时候，秋秋由姥姥带大。从幼儿园大班起，她上的就是全托。接着，从小学、中学，直至大学，她过的都是集体生活，她和妈妈能见面的日子仅限于周末和假期。事实上，连周末、假期都不能保证，因为秋秋妈妈的工作实在太忙了，而她的爸爸是军人，常年在外地。在有限的休息日里，秋秋还要远赴外地看爸爸。可想而知，父母相聚的时间、一家三口能待在一起的时间更是屈指可数。

在外人眼里，作为父母，尤其是妈妈，给秋秋失于陪伴的补偿已经够多了，包括但不限于最优越的生活条件。只要秋秋想得出，妈妈没有不满足的。围着蕾丝发套的洋娃娃、全城仅一件的连衣裙、国外才有的水果、限量版玩具、大热明星的签名唱片……还有从小到大能力范围内能择的最好的学校。

进入高二后，秋秋在理科上变得薄弱，这对于好强的她是沉重的打击。妈妈得知后，远程遥控，为她在学校旁单独租一间房，动用一切关系找到一对一的家教，数、理、化三科各一，上门辅导，那价钱不用问，一定不菲。

"你爸爸妈妈对你真好。"同学们羡慕地说。

"你妈可是城内出名的女强人,你不能给她丢脸。"历任班主任都如此交代秋秋。她后来才知道,每个班主任都和妈妈单独电话沟通过。

秋秋对妈妈的情感很复杂,她先是渴望妈妈的陪伴,求而不得后以拒人千里之外的姿态拒绝妈妈偶尔"良心发现"的陪伴和示爱。除非必要,她不愿承认是妈妈的女儿,她不止一次地说,甚至在作文中写过:"我宁愿我妈不识字、皮肤粗糙、穿着土气,只要她能每天和孩子在一起。"

然而,真实的秋秋妈和不识字、皮肤粗糙、穿着土气毫无关联。真实的妈妈永远光鲜靓丽、妙语连珠,得体、优雅,英语比中文还流利。一次,校长通过秋秋请她的妈妈来学校做报告,作为名人发言。秋秋在校长尊重的眼光中意识到了妈妈的成功和口碑。

那天,妈妈发言结束,场上掌声雷动,秋秋跟着鼓起掌,那是她第一次,也是唯一一次,为妈妈感到骄傲。

因为一对一的家教,因为随妈妈的好强,秋秋考上了一所好大学。之后,她出国,回国。回国第二年,她结婚,回国第三年生孩子。与此同时,妈妈退休,爸爸也退了。

一家三口,不,很快是六口,秋秋又生了个孩子。老公、儿女、父母,通通住在一块儿,一个小区,一栋楼,门对门。

小时候，秋秋期盼的来自亲人的陪伴，变成成年、成家后令人窒息的、密不透风的"围剿"。

是的，是"围剿"。

说是门对门、两套房，但妈妈像住在秋秋家里。她说是帮忙照顾孩子，但怕请来的阿姨乘人不备对孩子不好，她在秋秋家到处装摄像头，可监控的仿佛是秋秋本人。

"你怎么半夜才回家？"

"你晚上几点睡的？我看你凌晨还在冰箱里找吃的。"

"你们小夫妻昨天又吵架了？你俩吵了十四分钟三十二秒！"

以上是妈妈的责问。

"你怎么什么都知道？"这句是秋秋的愤怒和疑惑。

"我看得见监控！"妈妈振振有词。

监控之外，还有对育儿方式的干涉。

"然然不能光学舞蹈，还要学点跆拳道防身！"然然是秋秋的闺女、妈妈的外孙女。

"欣欣幼儿园的外教英语发音不够标准，我去和他们园长谈谈，这么下去可不行，耽误孩子！"欣欣是秋秋的儿子、妈妈的外孙。

从穿衣打扮到假期去哪儿玩，坐飞机还是高铁，妈妈管得太宽、太多、太细了。

秋秋的丈夫有意见，秋秋何尝没有？

秋秋的丈夫于一个周日八点起床去洗手间，赫然发现丈母娘已经在家里，正指挥阿姨上上下下打扫犄角旮旯。他扭身回卧室，问秋秋："你妈更年期吗？还是从来都这样？"

"哪样？"睡眼惺忪的秋秋边打哈欠边说。

"恨不得二十四小时贴身照顾你，全方位服务你，你和你的一切都要在她眼皮子底下？"丈夫说。

"不！"秋秋一骨碌翻起，碰巧她刚做了一个梦。梦中，她十三四岁，在寝室因为一点小事儿被室友排挤、冷暴力。她发烧了，喊"妈妈"，喊"我渴"，所有人都装听不见，不肯帮她倒哪怕一口水。梦中下一个场景是幼儿园门口。那会儿，她和此时的儿子欣欣一样大，她的姥姥回乡下，妈妈答应这天会早下班来接她，而她苦苦等着妈妈接。等到天黑，不见人影，老师叹口气，带她回了自己家。

秋秋被排挤，发烧没水喝时，妈妈在俄罗斯进货。

秋秋被老师带回家时，妈妈出去签合同，把接她的事忘了。

诸如此类的事，在秋秋的成长过程中太多，简直不知从哪件提起。秋秋第一千零一次向丈夫控诉："在我妈心里，我根本不重要，我没钱重要，没她的公司重要。我、我们的一切都要在她的眼皮子底下，纯粹是为了满足她的控制欲！她退下来了，没人管了，所以天天要管着我……"

听秋秋情绪激动地控诉，丈夫倒有些不忍了。他深知妈妈在秋秋成长过程中的缺席是秋秋过不去的坎儿，他劝秋秋，看在妈妈如今的陪伴、尽心尽力帮他们照顾小家的分儿上，原谅妈妈，放过自己吧。

放，必须放，也只能放。

只是，前几天发生了一件事，让秋秋和妈妈差点决裂。她在单位忙活，想起家中的儿女，便打开手机看监控，发现妈妈和女儿然然在客厅。她戴上耳机，想听祖孙俩在说什么。没想到，她听见妈妈对然然说："然然，你叫姥姥一声'妈妈'吧！"然然没理会，妈妈又说："来，叫姥姥一声'妈妈'，姥姥给你冰激凌吃！""妈妈！"然然喊道，看在冰激凌的分儿上。"乖然然！"只见妈妈激动地将然然搂在怀里，亲了又亲，颠颠地跑去冰箱，弯腰打开冷藏室，取出一只冰棍儿递给然然。

秋秋心头一紧，先是想："我妈的控制欲太强了，她是想和我抢女儿吗？"而后不由得担心："我妈是病了吗？病态了吗？"

她求助心理医生，在医生建议下，找了个理由，带妈妈去咨询。

医生在场，秋秋问："为什么让然然喊你'妈妈'？她是你的外孙女呀！"

昔日的女强人完全没有了旧时口若悬河、出口成章的风采。过了好半天，妈妈嗫嚅着坦白："你小的时候，我都在外面，都在忙，顾不上陪你。现在老了，可以陪你了，你也不太需要我，轮到你忙了。我只能好好帮你照顾孩子，帮你分担些，其他做不了啥。"

"妈，我知道，"秋秋抿抿嘴，她心里不是没有愧疚，面对妈妈，她总是不耐烦，"可是，这和让然然叫你'妈妈'有什么关系？"

"我已经记不清你像然然这么大时是什么样子了，也不记得被小女儿喊'妈妈'是什么感觉，有时候，看着然然就觉得是你……"妈妈低下头，一副做错事的样子。

她答应以后不会这样了。

秋秋却主动抱住妈妈，母女二人相拥，这是秋秋成年后第一次，希望不是唯一一次。她整个人松弛下来，在妈妈怀里像足七岁小女孩儿。固然妈妈欠她一个能时刻陪伴左右的、年轻时代的妈妈，但她也欠妈妈一个无限温存、软软糯糯、全心依赖和充满爱、没有怀疑和愤懑的女儿。

我们总是习惯用坚硬的壳包裹自己，那些曾经不被满足的需求，长大之后，我们会拼命自我满足。而母爱似乎是我们成年之后不愿意再去接受的"束缚"，母女之间，剑拔弩张甚至多于亲密无间。在成为妈妈之后，在试过全身心去爱一个孩子之后，便对世上所有的妈妈都有了包容心。妈妈的妈妈，也是一个妈妈呀。

放过自己，也饶了岁月

吴敏年轻时，是上天的宠儿。她颜值尚可，气质尤佳，还是学霸。高考之后，她毫无悬念考得所在城市的前十名，能够进入中国最好的大学之一，唯一让她纠结的是选择第一流大学中的哪所。文科专业随便她挑。之后，一入学，她便拿到了最高额度的奖学金。

吴敏大二时，谈起恋爱。同校的男生，她没考虑，原因简单，学校王牌专业都是文科类，她天生对优秀的异类好奇、向往、感兴趣，她想找个理工男。很快，她在一个非常"硬核"的理工类论坛与一位同龄人一"聊"钟情。

这年的五月，吴敏跨城和陆路相见，陆路即硬核同龄理工男。

"我是第一次和网友见面。"吴敏笑着说。

"我是第一次和网友聊天就心有所属。"陆路更简单、直接、直白。

那天，他们在颐和园漫步。长廊大概有一千米长，人不多，天气有些热，走着走着，吴敏手心微微出汗，脸也红了。

陆路成功地吸引了吴敏。

陆路不是油嘴滑舌之辈，他勤勉、有才华、身体棒，各种球类都会玩，还热爱徒步、探险。

三月加QQ好友，五月见面，六月的每个周末，他们都在一起。暑假，陆路约吴敏去水乡。船行湖上，穿于山谷间，吴敏站在船头，陆路举起相机为她拍照。一阵风来，吴敏的头发乱了。等风过去，拨开吹乱的头发，吴敏愕然发现陆路半跪在她膝前："做我的女朋友好吗？"他的眼睛发亮，像天上的星星。

"什么？我以为我早就是你女朋友了！"吴敏开玩笑地说。

又一阵风过，这一次，吴敏的乱发裹住陆路的脸，他发亮的眼睛离吴敏前所未有地近。天上的星星闪着光，又熄灭了，在天旋地转的黑暗中，吴敏被陆路吻住。

那时，火车票还不能刷身份证入站，那时，打电话还没有手机。

大三、大四两年，他俩积攒的火车票一厚沓，电话卡集齐所有品种、所有花色及图案，还备份好几套。

两人隔着千山万水，依靠网络，却似乎二十四小时亲密接触着。他们每天早上第一件事是打开电脑，自动登录QQ，第二件事是开摄像头，问："早！你起了吗？"每天晚上最后一件事是互道晚安，互喊昵称，盘算着再过多久能再见面。

陆路完全融入了吴敏的生活，和她的朋友、室友打成一片。吴敏呢？跟着陆路去探险，去徒步，看他的球赛，听他说他的实验、毕业设计、他即将保研的学校、学术方向。

只是，吴敏能和陆路去探险、徒步的次数十分有限。因此，当陆路带着专业装备和资深发烧友进行长达两个月的毕业旅行时，吴敏不能跟随。陆路去的地方也较为偏远，交通不便，通信不畅，二十四小时亲密接触成为奢望。电话卡无用武之地，写信是保持联系以慰相思之苦的唯一方式，但写信也不一定能找到方便投寄的邮筒。于是，陆路找来一本厚厚的日记本，每天写，用写信的方式以第二人称的口吻写，写每天遇到什么新鲜事物、看到什么瑰丽风景、和队友说的话、对她的思念。有时，文字无法描述的，他便在日记本上画画，画中常驻主人公，一个叫"小路"，另一个叫"小敏"。

历时五十多天，厚厚一本情书，满满的思念，是青春最好的纪念。

吴敏没有读研，她捧着这本情书来到北京，和陆路同城。她找了份体制内的工作，光鲜、体面。体制内强调锻炼新人，工作半年，吴敏便被派去下属单位。"你是我们的重点培养对象，年轻人，多些基层经验是必需的、必要的。"她临行前，领导这么对吴敏说。

没想到，刚刚相聚，又要分别；没想到，刚刚同城，又要异地。

吴敏将行李打包，情书被塞进枕套。时代在进步，人手一台手机，信息时代是人类有史以来最方便的时代。而他们感情稳定，只等吴敏走基层的两年赶紧结束，陆路赶紧毕业，两人赶紧结婚。

许多年后，有一部热映的电影名叫《失恋三十三天》。

坐在电影院，吴敏在黑暗中流下热泪。已为人妇的她不是陆路的"妇"，他们早已分手。

也许是因为压力太大，论文、就业都有最后期限。

也许是因为两次异地太久，容易生嫌隙，有时，短信回得晚了，电话没接着，说话口气懒懒的，彼此都会心生猜忌。

总之，陆路不再像以前那样对吴敏那么黏糊、热烈、浪漫，吴敏情绪有起伏，他也不再像过去那样小心翼翼、千方百计地哄；而吴敏的敏感、对陆路的要求，与日俱增。"你是不是不再爱我了？"她不时质问。

越是想证明，越是让对方觉得"作"。吴敏从基层回来的第二个月，他俩吵得不可开交，吵到分崩离析。吴敏有个坏习惯，一吵架就威胁说"不如分手吧"，从前陆路会恐慌，会挽留，这次他平静地说："好。"

吴敏何等骄傲，在成长路上，她没经历过任何挫折，在学校、职场、家庭的小范围内总是被众星捧月。她不可能说"不好"，箭在弦上，不得不发，她发狠道："行，你别后悔！"而后将陆路轰出门。

陆路没再回来，没哄她，没求着复合。

过了些日子，听说他有新女朋友了，是个熟人——吴敏的大学室友之一。据说，那人暗恋陆路已久，是她主动的。

他们相恋是在吴敏和陆路分手之后还是之前发生的，一直是个谜。既成事实，吴敏懒得追究，她绝了想陆路的心，马不停蹄地相亲，谈了一场又一场恋爱，而后结婚、生子，拥有了美满的家庭。

有一次搬家，吴敏打开旧箱子，发现了那本情书。

"小路"和"小敏"在已泛黄的横线格纸上巧笑嫣然，稚气地对话，用冒着傻气的情话汇报行踪："亲爱的，你知道我今天去了哪里，做了什么，有多想你吗？"等等。

"哗啦啦！"吴敏翻着它。

"啪！"吴敏合上它。

"嗒！"吴敏将装着它的箱子关上。

"妈！这些都是我上大学时的东西，你带回老家吧！"吴敏顺手将箱子递给帮她收拾家的妈妈。

往事如潮，扑面而来。

论坛、颐和园、探险、徒步，情书中夹着的标本、一朵野花、一片红叶，水乡的船、船上的风、风中的乱发，电话卡、火车票、旧手机、枕头套。

吴敏睡不着，她翻来覆去。终于睡着，她做了个梦。梦中，室友和陆路一起向她走来，送她一份红色请帖："我们结婚，你一定要来啊！"

在天旋地转的黑暗中，她哭着醒来，类似的梦境不是第一次出现。

一生至爱，一生至恨，一生唯一的挫折，永不原谅。

大学同学聚会，吴敏不参加，她不想见到那个室友。昔日硬核的论坛组织聚会，吴敏当没看见，何必呢？两人共同的朋友，吴敏根本不来往。有人提起陆路，她会闻之色变。十多年过去了，她还是觉得痛。

前几天，吴敏和一个客户见面。客户提起爱好徒步，吴敏自陆路那里得来的知识终于派上了用场。她提起一些术语、地名，客户

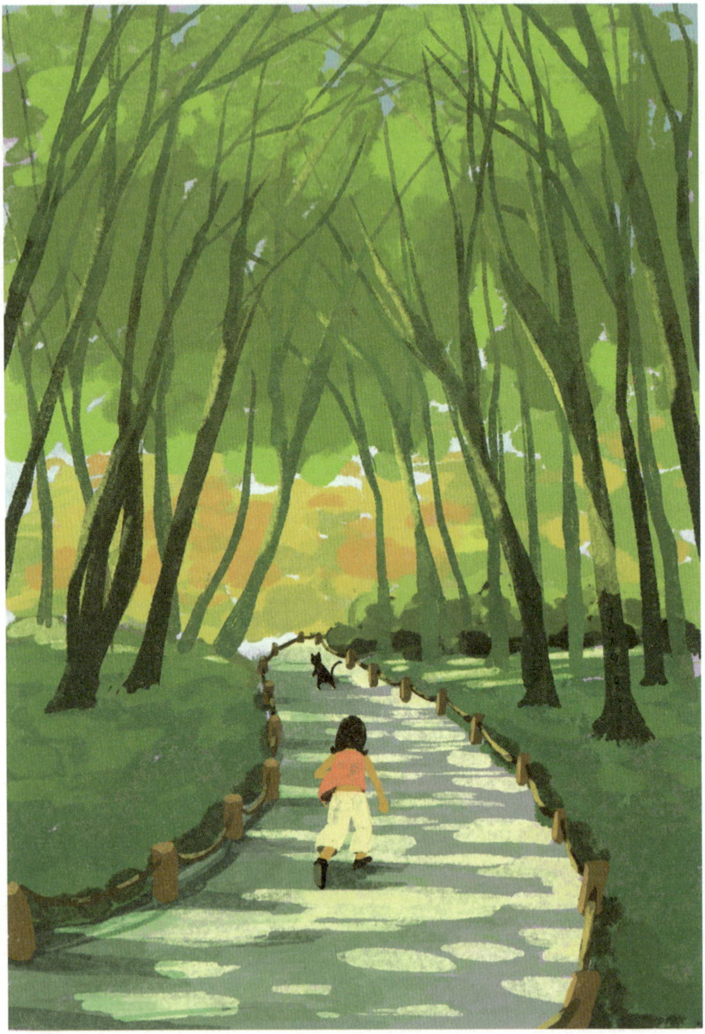

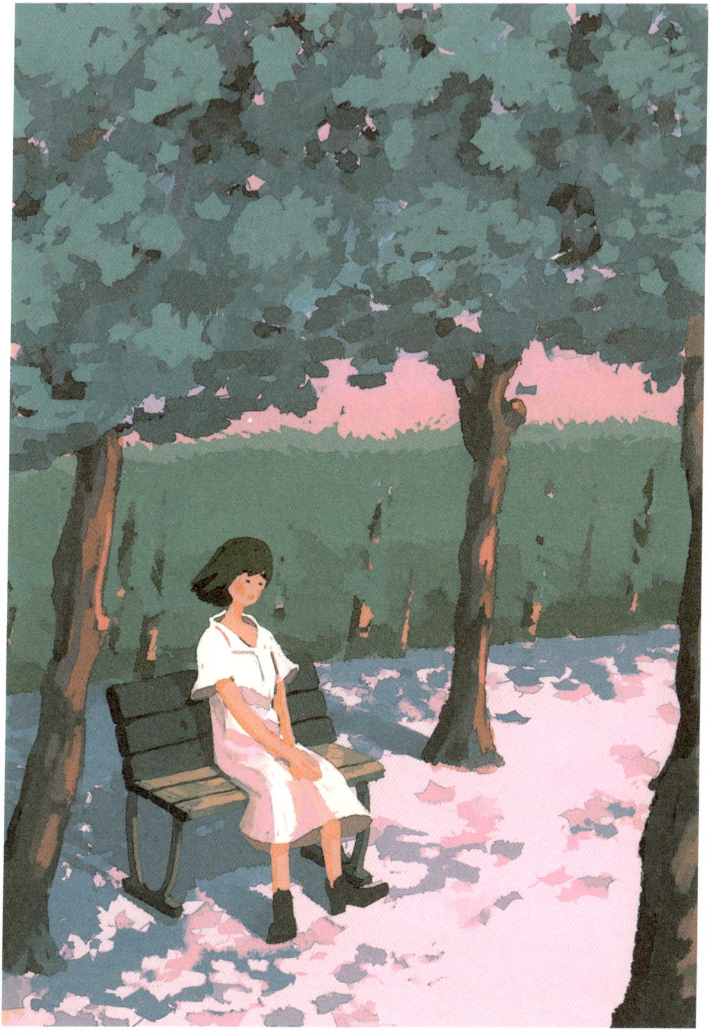

直呼:"吴总,看不出你对徒步颇有研究啊!"

"哪里,哪里。"吴敏谦虚地说。

"回头送您一本书,关于徒步旅行的。"客户以为遇到了同好。

"好啊,好啊,一定拜读!"吴敏客气道。

隔日,吴敏收到书。她沏一杯茶,于阳光下,在这个城市地段最好、视野最佳的落地窗前慢悠悠地打开。

她看到了熟悉的名字——陆路,定语是"我的队友"。吴敏心里"咯噔"一下。

"陆路给我最深刻的印象是,2003年,我和他曾有一次五十多天的长途旅行。休息时,他从不和我们侃大山、打牌,而是回到帐篷里写写画画。我们问他在做什么,他解释,给女朋友写信。我们问他:'信发得出去吗?'他说:'我天天写,攒到一本,就该回去了。到时候给她看一整本情书……'老陆是我见过最浪漫的理工男,他一定很爱他的女朋友。……"

"哗啦啦!"吴敏翻着书,试图在后面的文字中找到陆路的其他信息。所谓"信息",无非是他们又结伴去过哪些地方、又参加过哪些组织、又见过什么风景、遇见过什么样的险情……

"啪!"吴敏合上书。

合上那页是一张合影,人脸印得有些模糊,如果不是图注标明人物姓名和所处位置,吴敏根本认不出陆路。

陆路胖了。一群人站在一处著名的湖旁,他十来岁的儿子和他几乎一般高,显然,遗传了他的兴趣、体魄。陆路的手搭在儿子肩膀上。他们看起来真好。奇怪的是,吴敏没有想象中的痛,都过去了,她能理智地辨认孩子的五官哪部分像陆路、哪部分像那个室友。

书中关于情书的文字击中了吴敏。她并不知道,在旁人的叙述中、旁观者的视角中,她、他们的过去是这般的存在。她曾疑心错付的情感以为是一场空,以为被欺骗,对从头到尾的荒唐,忽然释然。

她想起那本情书、"小路"和"小敏"的卡通画,永远的"你今天好吗?我很好,只是很想你"的开头。

曾被人那样热烈、真挚地爱过,收获与付出对等,即便结局如此,也不算纯粹的悲剧吧?午夜梦回,心里过不去的那个坎儿,应该也放下了吧?

阳光灿烂,窗外正是一年春。

手机响,客户的电话打进来:"吴总,收到我的书没?请多指教。"

"收到了。"吴敏捧着书,握着手机,对着五月的天,"你的书,写得像一本情书。"

我们对青春期的感情往往抱有"一瞬即永恒"的幻想,我们不考虑宇宙规律,也不在乎世界现实,爱人仿佛永远不会变化,感情只会更好,不会变坏,所以我们以为青春时辜负自己的人值得恨上一辈子。我们不放过自己,也不放过岁月。

之后某一天后知后觉,原来一切都是错过,因为缘分,因为自己,也因为彼此还没有成为更好的自己。往前看,别回头,放过自己,也饶了岁月。

你的委屈是因为你的角色

我和一位女明星打过四次交道。

第一次,是在她家里。

那是十几年前,我刚毕业,在一家出版社实习,所有实习生都得在出版社下属的书店站一个月柜台当营业员。我们穿着白衬衫、黑裤子,搬书、码货、打包、陈列、贴价签。有时,对于一些重要客户,我们还要承担快递员的工作。

那位女明星就是重要客户之一。我们的出版社和某著名导演合作,出版了这位导演的一本小说。据说,这位导演要将小说搬上大银幕,那位女明星可能扮演女主角。于是,这位导演要求出版社、出版社要求我去那位女明星家送新书。

我拿着一张字条,字条上抄着那位女明星家的地址。那位女明星住在京城偏西的一个豪华小区。小区内绿化极好,小径曲曲折折,但它们对于找路的人来说并不美妙。烈日炎炎,我在小区里转了一个小时,汗如雨下。等我终于找到那位女明星的家,按响门铃,我连表达崇拜和激动的话都准备好了,我掏出小镜子,对着镜子,涂了点口红。

门开了,是位中年阿姨。

"噢……知道了……你等一会儿。"她说着，接过我手中的书。

"谁啊？"我听见一个娇媚的声音，我不确定是不是那位女明星。

门关上了，我站在铁灰色如山似的门前。门再次打开，中年阿姨递给我一只鼓鼓囊囊、带着异味的黑色塑料袋。她冲愣住的我说："A 小姐收到书了，你回去吧。喏，帮我把垃圾带出去。"

时隔太久，以至我记不清那天我捏紧黑色垃圾袋时是什么表情、说了些什么，只记得我在小区进行一轮新的兜兜转转，先是寻找垃圾桶，后是寻找小区的正门……

我从书店出发时是上午十点，回到书店时是下午三点，没吃午饭。一进店，我就被同事们包围，他们像我出发时一样雀跃，他们七嘴八舌地问："A 小姐真人好看吗？""你们都聊了什么？""你要签名没？""她的绯闻男友和她住在一起吗？"

我尴尬而不失礼貌地笑，内心充满委屈和酸楚，前一刻我还是正经大学毕业、刚找到一份体面工作、人见人羡的天之骄女，后一刻的冷遇就让我想起一个古老的笑话。穷人去富人府上溜达了一圈，回来后告诉邻里："老爷和我说话了。""说什么了？""他让我滚。"

这种不适，在半个月后加剧。那位导演要开新书发布会，那位女明星应邀做嘉宾。作为去过她家、做过联络员的我，理所当然地被派去接待、服务她。

那场发布会在书店召开。那位女明星单坐一部电梯。电梯里，她摘掉墨镜，我见到了她的真容。现在，我能回答同事们的问题了，A 小姐比电视上好看，脸小，皮肤白，眼睛闪闪亮。她和助理耳语几句，目光没有在我身上停留。助理再转达她的意思，她要上洗手间。

"有单独的洗手间没？"

"没有。"

"没有？那你负责去清场。"

"怎么清场？"

"把洗手间里的人都请出去。"

以上是我和那位女明星助理的对话。那位女明星点点头，出了电梯，又把墨镜戴上了。

以下是我的行动：抓耳挠腮，去洗手间拍每个单间门，和每扇门后的人沟通。自然，我被当作神经病，挨了每个被打扰的人的骂。是啊，书店里，顾客第一，凭什么又为什么要为嘉宾剥夺顾客上厕所的权利，仅仅因为她是女明星？而因为书店的建筑结构，根本没有多余的洗手间。平时，我们也是和顾客在一个地方如厕。

我在顾客那儿碰了钉子，便去找领导，领导根本不同意这么做。我再去找那位女明星。她一脸不悦，用美丽、高挺的鼻子"哼"了一声，戴上墨镜，和助理去了洗手间。助理吩咐我在女明星使用的小间门口把风。洗手间不时有人进出、来往。我全程紧张、尴尬，难以言说的委屈又一次在我心头泛起。人是分三六九等的吗？我在那位女明星及其助理、保姆那儿看起来是最末等的吗？扔垃圾那天的心理活动在我心里复习、加强、升级。

一去十多年，我没忘记那位女明星，实在是因为她越来越红，新闻到处都是，我很难看不见她。

一天,我再次遇见那位女明星。此时,我早从书店、出版社离职,这次,我代表一家媒体采访她。她自然没认出我,她的助理也早换了人。采访在一座五星级酒店富丽堂皇的偏厅进行,正厅稍后即将举行一场国际知名品牌的大型秀,那位女明星是品牌方重金请来的代言人。

我由工作人员陪同,走过红地毯,穿过长廊,推开镶金边、钉金纽扣、包着海绵的门。那位女明星刚化完妆,打扮停当,前一位记者正和她做最后的总结陈词。她巧笑倩兮,美目盼兮,点头,稍后挥挥小手,与对方告别。

轮到我了,助理冲那位女明星耳语几句。我代表的媒体显然在那位女明星眼中是重量级的,她的笑比刚才的更甜蜜,眼波流转,房间里处处能感受到她带来的暖意。访谈顺利,那位女明星还和我开起玩笑,故意透露几个无伤大雅的圈内人的八卦,又连忙找补:"这你就不要写了。"

工作人员送我出门时,贴心地问我,要不要那位女明星的签名照。一时间,我恍惚,我穿着白衬衫、黑裤子站在女明星家门口递过去一本书,接过来一只垃圾袋的经历根本是我的幻觉,从来没有发生过。

几年后,我和那位女明星在类似的场所一起候场,我们将一起参加一档线下对谈的活动,形式是主持人一对多,让各行业的女性代表就一个主题发言。这时,我已全职写作,正是以女作家的身份代表文化圈发言,那位女明星则是娱乐圈的代表。

不同于当年给我一只垃圾袋时的淡漠,也不同于几年前面对媒体时的热络,那位女明星在后台客气地对我点了点头,她抓着手机接打电话,而后闭目养神。

上台后,那位女明星恢复了精神,她和在座的其他几位对谈者,包括我,像阔别已久的老友,就"独立女性""女性力量"等话题侃侃而谈。她瞅着标着我名字的玻璃牌,亲切地称呼我"特特",不断重复"对的,我也这么认为"。她此刻的活泼和与我们打招呼时的距离感又判若两人。

不过,我已经习惯了,习惯的不只是那位女明星的不同面,经历了许多事也习惯了许多人在面对不同角色的人时给出的不同面孔。

有一天,我忽然向我的师妹艾提起那位女明星,缘于师妹艾想辞职。

"我是去上班的,不是去给他们订盒饭的;我是去做学术研究的,不是去给大佬当司机的。"师妹艾愤愤不平。她刚博士毕业,入职一家研究所仅三个月,她觉得工作让她幻灭,领导和同事对她的所作所为令她难以容忍。

"可是,你所遭遇的是你的角色的遭遇,或者说,连遭遇都不算,是人们对你初入职场新人角色的认知,以及根据角色为你分配的一部分演出任务。"我说。

"角色?我是我,我不是什么角色!"师妹艾依旧愤怒。

"我曾和一个女明星打过四次交道……"我悠悠地谈起往事。

"你不觉得女明星势利吗?你是小角色,她就无视;你对她有用,她就热情;你和她同时出现,平等出现,她就台后淡漠,台前像一家人?"师妹艾问我。

"许多年后,我明白了,不是我低人一等,我也无意责怪谁狗眼看人低,那位女明星只不过遇到不同人生阶段、扮演不同角色的我,她有什么问题与我无关,只是,我没必要和自己过不去。许多事,当你想清楚,这是你的角色要承担的,就不会觉得难熬,这是你的角色给你带来的好处,就能时刻保持清醒。你不高兴,那就换角色,通过各种'打怪升级',一时间换不了角色,那就默默等待,谁说一生只能演一个角色?"

世上无难事，只要舍得扔

几天前，我干了件重活儿——搬家。我花了五天时间打包，一整天搬，再花五天收拾，十一天下来，我筋疲力尽，感慨万千。

这当然不是我第一次搬家。结婚前，我在北京租过两次房；结婚后，我搬到五环外，过几年再搬进五环内，同一个小区，我折腾过两次。2018年，因家人工作的缘故，又全家搬到上海。到上海后，又为了孩子上幼儿园、小学，五年搬三次，这次即第三次。

搬家，我比一般人有经验。

从流程上来说，从租的房搬家，要先和房东打好招呼，去物业开"出门条"，从自己的房搬家则不用。要提前约好搬家公司，写好大件家具、电器的清单，大致商量好价钱，视情况再酌情加价，没有这一步，等你的可能就是漫天要价、坐地加价。

从工作量来说，收拾、打包是前期最艰巨的任务。孔夫子搬家搬的都是书，书是最重的。我搬家搬出心得，书绝对不能放在大号纸箱或编织袋中，因为即便是专业的搬家工人，也没法搬动一整箱、一整袋的书。在地上拖？很快能让你的书和地面"脸"贴"脸"。因此，我要么用装矿泉水的包装箱装，要么用编织绳将每二十来本书打成一捆。我曾在书店实习过半年，捆书是实习结束时考核的一部分，通过考核的我时隔多年基本功还在。每当我拿着绳子按书封面对角线的长度留出一截,掐着那个点对着一摞书左一缠右一绕,打出十字结,复缠,复绕,再将先前留出的一截穿过十字结,系成一个活扣……这一时刻,我最专业、最专注,仿佛回到书店,被二十四岁的自己附体,元神满满,神气活现。

所有的箱子都要用记号笔标注号码,做个文档,将几号到几号箱子属于某个房间、每个号码的箱子里都装着啥标记清楚,方便工人按对应房间卸货,方便之后归类、整理,防止搬家过程中有遗漏。文档最好是能线上共享的,能转发给家人并及时同步,减少他们在找东西时不厌其烦地问,你不想理睬又不得不回答。

分工自然是必要的。我有一个得力的家政阿姨,也曾专门雇过几个钟点工协助我。我还用过一站式日式服务的搬家公司,在旧家拍照、打包、运送,按照片将所有东西从原来的家复制到新家中,贴心、便捷,但不适用于房型差距太大以及距离太近的搬家。前者,你还是要操心;后者,一站式服务通常贵些,你若只是搬到对面楼或对面街,还是省省吧。

即便是一站式服务,一大家子搬仍然要分工,谁盯着搬、谁押车、谁看着卸货、谁安排东西都放在哪里,事前不定好,事中一定慌乱,事后必有麻烦。

好了,"搬"是动词,"家"是名词,令我筋疲力尽的是动词,令我感慨万千的是名词,即究竟我需要多大的家、我的家需要多少东西,我的过去、现在、未来有多少需要留在身边,留在此刻?收纳的同时,我不断地问自己,我放不下什么、我的家能放下什么?

举个例子,我有许多没拆过吊牌或只穿过一两次的衣服。它们大多是我一时冲动买下的，冲动过后觉得并不适合，扔，舍不得，留，总想着说不定有一天就用上了呢！事实证明，从未。

与之相同的是，一架连手机的键盘，我认为我会用，设想过在飞驰的列车上工作，我会连上它，奋笔疾书马上要交的稿子。可事实上，出差时，准备充分的话，我不慌不忙，打开行李箱，拿出电脑写；实在着急，没电脑，我会直接在手机上写，比连上键盘快。一支去年"双十一"入手的自动烫睫毛的电夹子，因为没掌握要领，我试过一次，没操作成功，便扔在那儿。一只五年前添置的户外焖烧杯与手机键盘同命，因为过去五年野外生活经历为零，虽在我的脑海中想象过无数次与它相关的场景，但它终究闲置。

以上是"进宫"即被打进"冷宫"的物品，除此之外，还有一些生活中确实用得上但备份太多、功能重合、款式相似、几乎一模一样的东西。

还拿衣物说事儿：两件红羽绒服，从剪裁到长度无一不同，只是红与红的差别，一件正红，另一件玫红；四件风衣，都是双排扣，系腰带，但它们有长有短，有过膝的，有在膝盖上的，我恨秋天太短，能穿风衣的时间太短，它们每年平均在世间亮相只有几天。以此类推，我恨每个季节都太短，连衣裙不够一一亮相，大衣不够，凉鞋不够，靴子也不够。

不拿衣物说事儿，还有两副象棋、三副围棋、四张世界地图、五张中国地图、六个鼠标、九个保温杯。我认真收拾它们时认真思考，棋要下多久才会损坏？世界格局最近会有大的变化吗？一幅地图不够用吗？真的改变了，不是应该重买一幅最新版吗？

一些已经过时的电器,升级版不断添加,淘汰版保持存在。于是,豆浆机俩,高压锅仨,热水壶四;台式电脑俩,平板电脑仨,笔记本电脑四;全家五年内的旧手机居然都在,一抽屉有十几个,与它们相关联的数据线、适配器、插头、插座,我收了满满一箱子。可是,为什么要收拾?

过时的不只是电器,用过的资料、学过的教材、孩子玩过的玩具、没有练成的乐器、出游时得来的小摊儿战利品、前单位发的一个摆件、一场行业会议结束领的一尊木头雕像……过去那些年,我旅游过几十次,历经四五家单位,参加过上百场行业会,当然不是所有"纪念品"都在,但剩下的那些通通摆在那里,等我收拾时,壮观如队伍,提醒我,令我羞愧,为物欲、占有欲。

收着、搬着、理着,我暗暗在心里为自己立了规矩:日后,带回家的东西,缺一件才能补一件,扔一件才能添一件。除了钱、值钱的,所有备份只留一件;三年内没动过、未来三年用不着的、不值得一辈子纪念的,都或丢,或卖,或送。

可是问题来了,什么是值得一辈子纪念的?

一次会议?一场旅游?一段经历?一些朋友?荣誉象征?

能不能合并同类项?能不能只留下实用的,以后只买实用的?

重要的奖杯、奖牌、礼物、信件和证件一样要藏好,其他的用照片、音视频等不占用空间的方式记住、存下不是更好?

于是,学过的教材,我只留下一本,算是旧日记忆。各种纪念性摆件,只留下四件:一个花瓶、一对石狮子镇纸留下,因为用得着;两只用布做的小羊,和我一起经过各种磨人的考试,是难友;三只小猫，暗喻一家三口，是我娃刚出生时买的，意义非凡。

过去的日记，封箱，把那些一笔一画写的留着，其他的改为电脑记录。

绝交的朋友送的礼物，都扔了，因为睹物仇人。

我在考量什么值得纪念、什么值得留下时，肉体在搬家，精神亦如是。

我给前同事发了条消息，展示了我们曾共同拥有的一套工作服——黑色西装、白色衬衫、领带。在那家公司，我们都有特别不愉快的记忆，很长一段时间内，我留着这套工作服，如勾践在房间挂着苦胆，铭记伤痛，奋发图强。

"你还留着！"前同事惊呼。

"今天搬家，扔了。"我说。

"往日恩怨，你终于放下了？"前同事笑话我。

"不，是我家放不下了。"我答。

世上无难事，只要舍得扔，每搬一次家，就更清楚地认识自己，将过往消化。

人生应有

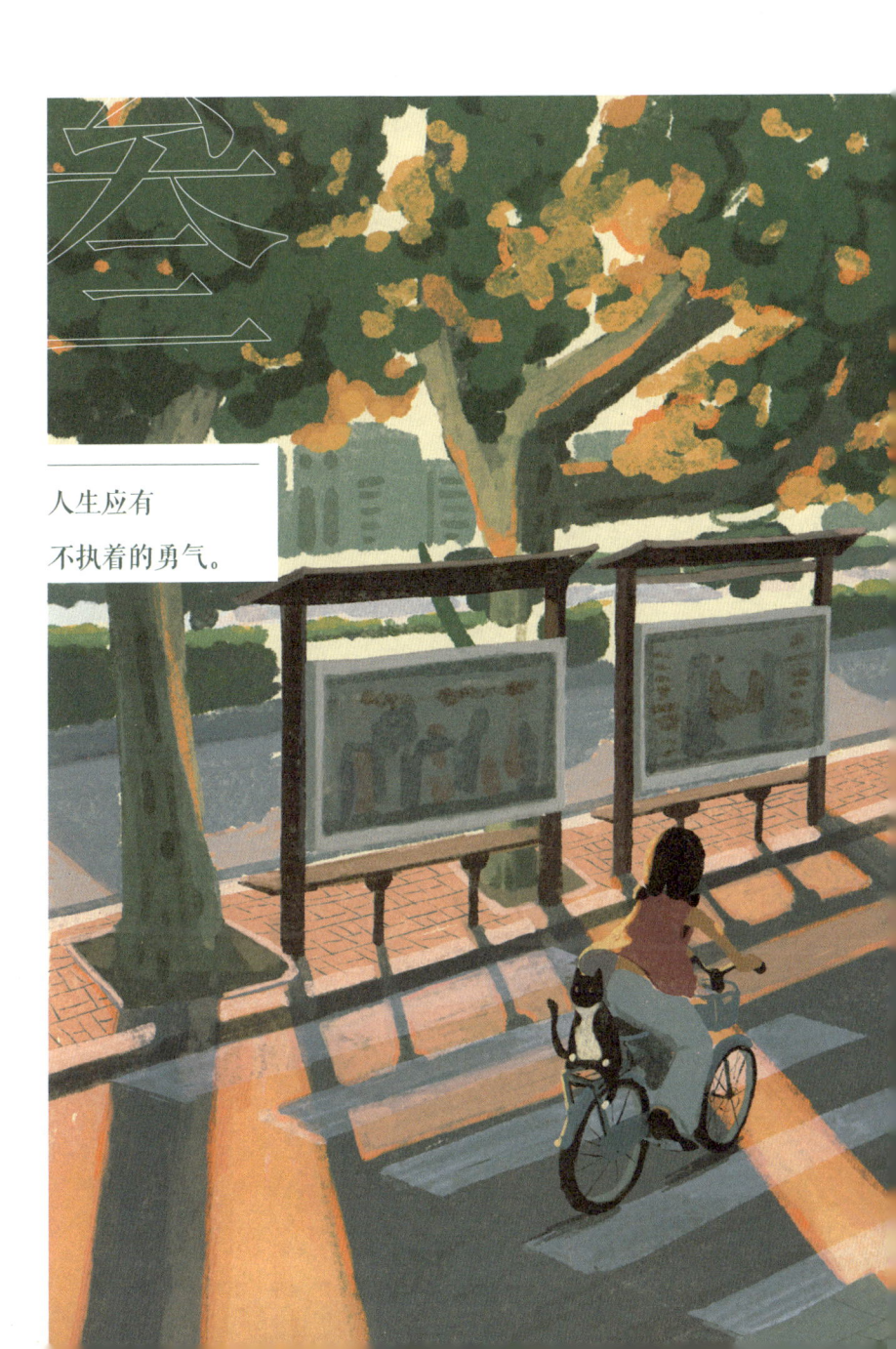

不执着的勇气。

当一个女孩儿决定不普通

一次读书沙龙活动快结束时，我和读者交流。

一个女孩儿问我："我觉得我很普通，放在人堆里马上就会被淹没，有没有能让自己不普通的秘诀？"

她语气急切，态度诚恳，姿态卑微，这让我想起从前的我。和她一样，我相貌平平，才艺平平。二十来岁的每一天，我都在焦虑如何成为一个"不普通"的人。

作为过来人，我思索了一会儿，以下是我关于"不普通"的想法——

首先，没有一个人是绝对普通的，只要善于发现和强化自身的"不普通"，每个人身上一定能拥有让别人眼前一亮的地方。

如何发现自己的不普通？

从已有的特长着手。一个人爱画画，学生时代曾做过美术课代表，或出于兴趣，上过专业的美术培训班，会画画就是他的不普通之处。甚至，他不用画得太专业，只要比一般人、比完全没有受过训练的人好一点点，就足以成为他的亮点。

找到自己特长上的不普通，要让别人知道、看见并不断扩大影响，才能成为你的标签。还以会画画为例，如果你是学生，你可以在班里要出黑板报时主动争取机会去画点什么。如果你已经工作，给每一位亲近的同事画一幅个人专属的肖像画，为对方设计一个微信头像，不仅能让他人眼前一亮，你还会越来越受欢迎。

没有明显的特长，那就看一看在生活中你最擅长的事是哪件。比如，你擅长收拾东西，是收纳小能手；你会折纸，会做各种饰品；你算账比一般人快……这些都是你的不普通。

一时半会儿想不起最擅长的事，那就想想你花时间最多的事是什么。许多亮点、不同只是在一件事上的积累，你花的时间比别人多。哪怕你只是喜欢看小说、漫画、电视剧，收藏某个特殊领域的物件呢！

除了擅长的事儿，我们还能从别人对我们的评价中找到"不普通"。评价有赞扬，也有批评，它们一样有建设性。大家提到你时，会说"你很幽默"，这是赞扬，那么幽默就是你的不普通，好好发扬，再多搜集一些段子，再多展现你的诙谐。大家提到你时不约而同用了"乐于助人"，就让"热心"成为你的特点，让你身边的每一个人遇到麻烦时第一时间想起你。

一些不普通是现成的；一些不普通可以从零开始，从此刻开始，刻意培养。当你意识到你身上没有别人值得记忆的点、夸赞的点，你可以——

短时间内，主攻一门学科，或主攻你的业务，提高你的成绩、业绩。每次排名靠前一点，你便会多吸引一些注意，也更自信些，而你进步神速本身，也会成为传奇，自然"不普通"。

学一门才艺，如一项体育运动、容易掌握的小技巧，像剪辑视频。有特长让特长成为你的"不普通"；没有特长，总有爱好吧，愿意花钱去报班，系统学习下，是捷径；不想花钱，免费教学资源那么多，只要你花心思，何愁学不到？

尽可能地把自己打扮得更符合大众审美。脸虽然是父母给的，但注意饮食、注意运动、注意发型和体型、知道自己适合哪些颜色，在有限范围内，我们还是能让自己更好看些的。

你可以内向，但要与人为善；你可以有个性，但不能乱发脾气。如果你先天腼腆，语言表达能力不强，多给别人提供一些力所能及的帮助。一个人能吸引其他人，要么因为你身上有值得对方学习、汲取的点，要么因为和你相处不累，别人感觉放松、轻松。如果我们一切真的太平凡，性格好将让我们不普通。

在重要的事上强准备。举个例子，在公众场合落落大方地发言最容易给身边人留下深刻印象。你若想一鸣惊人，不如提前准备。你知道吗？所有的即兴演讲百分之八十的内容，演讲者都在心里过了无数遍，只是根据场合不同稍做调整。在可以预料的下一次展示前，我们做好准备，重要的发言，在家对着镜子先练十遍。

说完不普通，再谈谈普通吧。

我们必须承认，所有人都是普通人，所谓的"不普通"只是人和人的区分度。普通不是一件坏事，中国人口基数大，你再普通再渺小，至少是一百万人的代表。

相信我，所有你遇到的事，和你一样的一百万人都会遇到，曾和你一样的人是好几个一百万。研究好自己的普通，想想一百万个、好几百万个"我"有哪些共有的需求、情绪，或许你的未来将因此成就。

我很喜欢一位女性创业者即"罗辑思维"的创始人脱不花。她曾表示她是个内向的人,现在流行的说法叫"社恐",但是内向的人就无法掌握沟通的诀窍吗?她从自己出发,从内向者也能学会的沟通出发,做了一个线上教人沟通、说话的训练营。"内向"就是她作为普通人、作为起码一百万人的代表,提炼出来的共有的特质和需求。

《哈利·波特》系列畅销全球,作者 J. K. 罗琳成功的秘诀不过是抓住了普通人都有的梦想——拥有魔法。

因此,如果我们把自己研究透,就足以赢得和我们有类似烦恼的人的共鸣,因为你在为一百万个类似自己的人代言。别怕普通,多少发明、多少有创意的广告都因为普通人研究自己的普通却强烈的需求而出现,人类社会的进步都是普通人帮助普通人,进行自救、他救的结果。

而我们最终都要接受自己的普通,包括你眼中那些不普通的人。因为"一山更有一山高",总有人比你强。在学生时代,我们衡量一个人是否优秀,成绩是硬标准,其他方面,诸如才艺、技能的比拼,都有明确的赛制。

然而,人生越往前,赛制越模糊,比赛的领域越来越多,不可控因素也越来越多。一个人或许能搞定他的工作,但搞不定他的家庭;能搞定家庭,搞不定健康;搞得定朋友,搞不定老板;搞得定老板,搞不定贷款。

天时、地利、人和,样样称心如意的人,我还没有见过。到这时,你才会发现,评价如此多元,评委无限增加,无论多优秀、多出众,一个人只是一个"人",是人类的"人",人类有极限,再高又能高到哪里去?值得羡慕的永远不是那些一路拔尖的人,而是对自己和环境满意度高、一直在做喜欢的事、幸福感强的人。

所有世俗认知中的"不普通"都是幻觉,所有自认不普通的人最终都要亲手戳破肥皂泡。

或许,早点接受普通,早点研究、利用自己的普通,早点发现、培养、强化自己的不普通,才能成为更满意的自我。

不需要容貌焦虑的时代

我去医院做过场小手术。

那场手术超快,前后不到半小时,包含换衣服、清洁面部、拿工具、调整仪器和设备的时间。当然,前两个是我的动作,后三个则是医生及助手的操作。过程中,我的面部有一点点痛,不明显,能忍受,准确地说,不是痛,而是刺痒,痒的成分更大,但对于经历过顺产的我来说,这都不叫事儿。

手术中,仪器在我脸上游走,发出"滋滋滋"的声音,所到之处皆是我皮肤的瑕疵处,有的是斑,有的是黑痣。等声音暂停,护士给我敷上特制的面膜,再等二十分钟,我就可以撕面膜、起床了。

稍后,我在诊室的洗手池对着镜子,端详刚做完手术的自己。皮肤上原先有斑的地方现在泛红,原先有痣的地方现在黑色素被全部打散、打出。我遵医嘱涂抹防晒霜,戴双层口罩、遮阳帽,还特地将帽檐往下拉一拉,我把自己捂得严严实实的,像个杀手,打道回府了。

说到这儿,有经验的朋友已经看出我做的是什么手术,其学名为"超皮秒"。在"超皮秒"前,我试过刷果酸、激光祛斑,我还深知皮肤的问题从来不只是皮肤有问题,它是心情、内分泌以及身体其他种种亚健康的表面反应。因此，每当我发现皮肤不行了，还会求助同一家医院的医生给我开点中药。

我去的自然是赫赫有名的正规三甲医院，医生是中西医双料博士，早早被各种平台认证为专家。因为一年总会去拜访医生那么几次，所以我和那位医生早成了朋友。

我开过玩笑，医生本人的脸就是该医院皮肤科的活招牌，唇红齿白，皮肤细腻、有光泽。而她比我还年长几岁，刚经历了孩子高考，压力只会比我大，工作量只会比我多。我曾疑惑果酸、激光包括"超皮秒"的科学性及效果。

作为专业人士，医生给我解释再解释："放心吧，现在什么科技水平了，女人再不会做黄脸婆。"她信心满满地补充说，"我导师，每年都做一到两次激光，七十多岁了，脸上一粒斑都没有！"

七十多岁没有斑的女士我一直没遇上，可我在医生那儿不止一次见到过五十来岁的女性保养得当，神采奕奕。她们定期来做维护，有病就治，有问题就解决。每一次，我都发出同样的惊叹，这真是属于女人最美好的时代，历史上的任何一个时期，除了现在，都做不到女性随年龄增长而长的斑想抹掉就抹掉。

我裹得像杀手，坐在网约车后座时，想起临走前医生叮嘱我的注意事项、饮食禁忌，以及两周内必经的过程——所有泛红、黑色素激发出的部位将结疤、掉壳，掉完壳，曾经的瑕疵亦将消失不见。期待、窃喜之余，不禁想起曾视作"救世主"的削皮刀。

小时候，在我的生活范围内，盛传成年后的我们将面临一场"考试"——去男朋友家，对方的母亲和你打招呼，让你坐沙发后将递给你一个大苹果、一把水果刀，台词是："来，吃个苹果吧！""考试"的内容便是削苹果皮。据说，手巧、贤惠、秀外慧中的女孩能将苹果皮削得又快又好且不会断。一条脆生生的苹果皮成为标签，成为教养，成为会过日子的代表，也许在未来婆婆那儿便是成就第一印象的关键，具有一票否决的作用。

我自然不精通此道。每次吃苹果，我都是直接对着水龙头冲冲便送入口中，即便要去皮，也不过拿刀这儿刨一块，那儿刨一块，绝对不均匀。好几次我还被大人训斥："一只苹果被你削得一半都在皮上，以后怎么去相亲，怎么上门？"

是啊，怎么相亲？怎么上门？

若干有忧患意识的同辈在家苦练削苹果皮。她们总结了诀窍，左手要稳，稳稳握住要削皮的苹果，用大拇指按住苹果的柄部；右手要准，拿着刀，准确判断皮与肉恰到好处的位置，一刀下去，屏息凝视，顺时针削；左右手打好配合，左手随着右手转动苹果，推动刀刃，一圈一圈苹果皮便如波浪，如旋涡，均匀滑落。

有一次，我见隔壁小姐姐拿不锈钢勺子刮土豆皮，受到了启发。无数个夏日下午，我们一起刮土豆、刮黄瓜、刮苹果，刮任何可刮之物，为了口腹之欲，为了"考试"。

成年后，当我在超市遇到削皮刀时，我松了口气，有种"老天开眼"的感觉。此刻的我早学会不在意任何对性别有设定要求的"考试",纯为生活方便,我成了各种削皮刀的爱好者。

我收藏的削皮刀包括:一只电动削皮器,包含三个刀头,削皮、削片、削细丝都能轻松驾驭;一把专为西红柿去皮;一把专为菠萝卸去盔甲。手摇的、电动的,立式的、折叠的,我都用过,个中妙处用四个字形容就是"如有神助","神"是工具,是不断进步的科技,用十个字描述就是"真是人类最美好的时代"!

与削皮刀给我带来的幸福感雷同,被套的发明为我儿时的邻居王姨解决了人生大麻烦。

王姨于20世纪80年代末结婚,当天婚礼的场景,我历历在目,仿佛刚刚结束。我还记得,婚礼前一个月,王姨便在新房里忙来忙去——贴"囍"字,擦洗家具和地面,摆象征来年能抱上胖娃娃的金童玉女玩偶。王姨的同事、亲属往来不断,大家喜气洋洋。王姨的嫁妆中,光被子,娘家就准备了二十四床。

那时候,被子全靠手工缝。一层被里、一层棉、一层被面,四角拉平,食指戴上一枚顶针,再拿一枚大针穿针引线。一针一线,要围绕被子四周转一圈,为了不让被里与被面轻易分离,缝被子的人还要从中间再用线固定好几道。总之,缝被子是个技术活儿,考验手艺,考验耐心。

王姨缝被子的水平和我削苹果皮的水平不相上下,她也不是完全缝不起来,但距离完美差得还远:要么被里铺得不够匀;要么棉花摆得不够正;要么扎着手,流出血;要么针脚歪歪扭扭,这儿鼓起,那儿线断。

王姨能顺利入洞房,要感谢所有亲朋好友。她的被子是百家针缝完的。王姨的表姐扎完最后一针,咬掉线头时,不无忧虑地对王姨说:"你以后咋办?被子都不会缝,小家能过好吗?"

王姨烫的满头卷儿潇洒地甩一甩:"没事儿!这不,结婚来帮忙的都有十七八个女亲戚和同事吗?一个月换一次被子,大家轮着来帮忙,一年半就过去了……"

众人错愕之余,不由得大笑。

没想到,日后王姨真的付诸行动,我经常见到她叫来家做客的熟人帮她缝被子。说句实在话,王姨没有放弃过学习,别人缝被子,她端着小凳子跟在旁边,一招一式地学,但整整两年,她的技术没有任何进步,帮她布置新房的所有亲朋已经轮完一遍,有的不止一遍。

当我在为王姨发愁时,为削苹果皮加缝被子等生活中的细碎麻烦而感到恐惧长大时,忽如一夜春风来,被套全民普及了。

王姨一口气买了四床被套,洗干净后,在四楼阳台上用四根长竹竿搭成四条平行线将它们一一晾晒。她看被套的神情,如将军阅兵,如炊事班班长看养成的猪,充满迷恋,趾高气扬。

后来的故事,我们都看到并经历了。

当我套被套时,我总感叹不必被针扎,不用血的洗礼,就能裹着蓬松的被子睡个好觉。正如,我操作各种削皮刀,对症下药、对果下刀时,开心,愉悦。

我靠扫地机器人、洗碗机解放了双手；靠按摩仪器解放了双肩；靠语音软件把语音转录成文字，存进文档，省去打草稿的时间；靠错题打印机帮孩子整理笔记；靠可视门铃，在千里之外监控家门口来过谁、快递有没有准时到；靠皮肤科日新月异的进步抗衰老。我对眼前的一切十分满意，庆幸我们能享受的生命的长度、宽度都是过去的人的几倍，他们不可想象，他们终日劳作的大部分事、所花的时间今天都被我们节省下来。生命长了，青春竟也延长了。

从医院回来两天后，我的脸结了大大小小的疤，又过了几天，一块又一块死皮剥落，斑随着疤掉下来，像芝麻离开烧饼，义无反顾。

感谢科技进步。感谢它们带给我的松弛感，目光所及的所有问题都能解决，此刻不能解决的，假以时日也能解决。

建立你的监察体系

在我单身时,许多热心人给我介绍过对象。其中一位相亲人选博士毕业,在事业单位工作,已取得北京户口。在介绍人口中,对方哪儿哪儿都好,介绍人问我:"见不见?"

当然得见。

一个周末,我们约在北京南城一家由纪晓岚故居改建的餐馆。入座十分钟,引见过彼此,介绍人找个借口先走了。临走前,她说:"你们慢慢聊。"

剩下的时间,我和相亲对象王博士面对面,一对一。

王博士谈吐文雅,风度翩翩,说句实话,我为他倾倒。

两小时匆匆而过。饭后,王博士把我送回家。他向我挥手告别时,彬彬有礼,尽显绅士风度。他说:"再见!"

我心想:"还能再见吗?再见就是明天吗?"

进入家门,介绍人很快来电,问我心意:"下周要不要继续约?小伙子人不错吧?"

约,当然得约。不错,当然不错。

我如此回答介绍人,挂掉电话,心中突然有个声音冒出来,提醒我,王博士是不是真的如他表现得那么完美?他的一切信息都来自介绍人,他的一切细节都由他自己展现。我只能看到他愿意表现的那一面。其他面呢？

我想了一会儿，打开电脑，在王博士所在的单位搜索他，单位、职务、姓名都没有问题，好几条新闻证明他的确优秀。我再从网上搜索，王博士的毕业院系须臾出现在我面前，他在学生会的职务、参与的活动、发表的演讲、联欢会上讲相声的视频，连他发表的论文，都一一呈现在网络界面。我逐一看过去。有趣、生动、全面发展的王博士让我更心动了。

慢着，问题来了，问题出在论文上。

我是硕士学历，知道如何论文查重。我看王博士的论文，初衷只是想了解他在学校学习的领域，想下次见面能多些话题。比如，他的论文和造船有关，我起码可以提起去过马尾船厂。

然而，习惯使然，鬼使神差，我顺手查了。查重过程中，我惊讶地发现，王博士与他人的论文大面积重合，连查几篇，无一不是如此。我再顺手查王博士的演讲，其演讲词也与网上另一个演讲者的雷同。以上，雷同者发表论文、发布演讲的时间均在王博士之前。

我一时语塞，这些结果真的挺减印象分的。往浅了说，王博士表里不一，信用成谜；往深了说，早晚有一天他会露馅儿，露馅儿了如何收场？除了论文，他还有哪些是经不起查的？我忐忑了，我不能和一个真中有假、随时可能爆雷的人交往，下一次约会，再说吧。

如果，我没有做查重这个动作呢？

无独有偶，若干年后，我的朋友李爱上了一位大叔，被她足智多谋的舅舅阻拦，那番作为和我的这个"监察体系"相似。

那位大叔多金、帅气，比李大十岁，还在世俗能接受的范围内。那位大叔的见识、经历吸引了"傻白甜"的李。李恨嫁多年，眼看就要到而立之年，那位大叔简直是天上掉下来的"馅饼"，是月老显灵亲赐的"良配"。认识七七四十九天后，那位大叔向李求婚。两人定情八八六十四天后，李带上那位大叔回老家，见过家人，决定不日将举行婚礼。

李的父母对那位大叔很满意，但当地有习俗，娘家最大是舅舅，舅舅首肯，婚事才算定下来。一大家人组织聚餐。吃饭时，当律师的舅舅不动声色地盘查那位大叔。吃完饭，舅舅回住处，稍后给他姐姐消息，让外甥女的婚事先放一放。

"放？"怕女儿嫁不出去，成天为女儿担心，看到未来女婿满心欢喜，皱纹里藏着笑的李妈妈对弟弟提高嗓门儿。

"放。"舅舅气息平稳、态度坚决地回答，"相信我。"

"你知不知道你外甥女多大了？你知不知道外甥女婿条件多好！"李妈妈气极。

"条件好？"舅舅的嗓门儿跟着高了，口气满是质疑。

"年纪是大点，但大点懂得疼人哪！"李妈妈想来想去，不懂弟弟掖着什么秘密。

不是年纪，是案底。没多久，李的舅舅便带着在法律文书相关网站查询的证据找到姐姐、姐夫和李。原来，李眼中的完美大叔、父母眼中的金龟婿，打过官司坐过牢，历史罪名包括强奸未遂。李的舅舅随手一查，那位大叔的过往就昭然若揭，他粉饰的太平脱妆了。

一身冷汗，不，是三身冷汗，李家父母和李不禁后怕，婚事不了了之。

李向我讲述时，连声说："谁会想到呢？谁会？如果不是我舅舅，如果他不是从事法律工作，我不会想起查一个人，通过搜索法律文书。"

是啊，有时，看起来是灵机一动，其实，是我们的职业、专业经验化成了肌肉记忆、行动本能，我们都在使用具有个人特色的监察体系排查风险。

这些年，我见过一个在税务部门工作多年的师姐辞职，下海创业。合伙人执意招聘一位具有金光闪闪简历的副总经理，师姐凭直觉判断这个人不适合副总的职位，但直觉不能说服合伙人。师姐找到这个人这几年的个人所得税报告，发现近五年来对方没有缴税记录，既然他的收入达不到缴税的标准，又何谈之前在某公司又某公司做过高管，拿过百万年薪的简历是真实的？师姐最熟悉的是税，她的监察体系自动调节成"从税开始"。

我还见过，谈合作时，某总举例，他认识谁，还认识谁，从哪儿能拿到投资，从哪儿能得到货源，从哪儿可以开辟渠道，最终去哪儿变现。几乎所有人都被他忽悠愣了。只有我的一位朋友头脑清醒。朋友在某总提到的诸多著名、互称兄弟的大博主中找到他认识的，偷偷打个电话，查证某总的信用。

朋友笑着对我说:"对方说,只和某总见过一次面,千万别相信。"

朋友常在一个圈子混,他的监察体系便是他的人脉,找对中间人,用人查人。

一个月前,我二姑在做艾灸的店铺被店员推荐买了许多昂贵的保健品。家里人告诫她,别再花冤枉钱,那些保健品没有疗效,还会伤财伤身。二姑不信。她念念有词:"店铺的小刘都喊我'干妈'了,平时嘘寒问暖,比亲闺女还亲,还能骗我?""小刘给我看了他们官网,是大品牌,不是'三无产品',各地都有分店。""人家家大业大,财大气粗,我都领过多少免费鸡蛋了,还会坑我这点小钱?"

眼看二姑又要去买一批保健品,二姑的亲闺女也就是我表妹从外地赶回老家,她出场了。

表妹是学美术的,这两年成立了个人工作室,开了家小公司。她冷冷一笑,展示了她对该保健品的监察结果,她说:"开过公司、注册过商标才知道,一个APP上能查公司的底。妈,您买的这保健品,公司有纠纷,全是和诈骗有关的。另一个APP上能查商标情况,这保健品的商标啊,压根儿还没申请下来,还在走流程,现在生产出的产品不合法!"

二姑蒙了,对方的目的达到,自己退货无道。表妹发布微信朋友圈,从头到尾述说了此事,还贴了图,包括商标的、公司纠纷的,点赞、评论者众多。

人生没有白走的路,每一步都算数。没有一份经历是浪费的,在任何事中都能提取新技能，我为表妹的监察体系献了一朵小红花。

松弛不是对所有事情放松警惕，在信息极度透明的时代，我们承担着自己信息被泄露的风险，同时也要让自己学会利用各种软件查询"不靠谱"的合作方。让自己的监察体系多工作一会儿，形成习惯，也能最大限度保证自己远离危险，拥有更安全的生活。

从"吓厨房"到下厨房

前几天看一档脱口秀节目,一名参赛女选手自嘲做饭无能。她说:"对于别人,菜有快手菜、慢手菜之分,对于我,只有割手菜和烫手菜。别人是下厨房,我是'吓厨房'——惊吓的吓。"引得大家哄堂大笑。我也笑了,因为我想起了我当年。

我从家门进校门,再从校门进家门,从来没有独居过。研究生一毕业,我就结婚了,但这并不意味着我天生有过日子的本事。

刚开始家庭生活,我的厨艺主要靠策划。

比如,早上起来,我会问队友吃西餐还是中餐。他一脸迷茫。我再解释,西餐是饼干,中餐是方便面。无论啥餐,我都保证有彩蛋——饼干加鸡蛋,或方便面加荷包蛋。

又比如,有客来访,我会做一道甜品,我叫它"赤壁"。很简单,在薯片凹陷处加上酸奶,酸奶之上点缀几颗蓝莓。别说,味道不错,颜色雅致,一片金黄,一汪雪白,几粒蓝,十组整齐地摆在红底描花瓷盘中,好比那赤壁船队。

光靠策划不能长久,好文案离开产品都是虚无。一日,我端出"满江红套餐",并报菜名:"胡虏肉、匈奴血、白了少年头。"它们分别是排骨、西瓜汁、冰激凌球。队友赞赏了我的创意,但无情地指出,排骨烧焦了,西瓜汁里面还有瓜子粒,冰激凌球是买的吧?

怪不得是满江红套餐,顾客的反应也应该计入其中——"怒发冲冠"。

那个阶段,我像一个黑心的网红餐厅,全靠抖机灵骗生意,根本没打算有回头客。其间,还发生过两次事故。

有一次,我起了油锅,菜还没洗完。"滋啦滋啦"油响,我一急,没想到要先关火,只想着锅里得有点啥,别把锅烧穿。我抄起洗菜盆,接了点自来水,就往锅里倒。锅是坚强的,火穿过它,烧出一道光,起码两尺长。我惊恐万分,抓起锅盖,往锅上一投,准确率挺高,"啪叽"盖住了,"啪叽"声中,我已双手捂着脸飞奔出厨房。

第二天上班,我在公交车上遇到同事,我对她说起前一日用水浇油的惊魂一刻。同事还没发言呢,旁边陌生的大众点评了:"哎呀!""天啊!""你知道有多危险吗?"我感觉我捡回了一条命。

另一次,我直接把厨房的一角毁了。当时,我在菜市场买了一整扇肋排,买完只让肉贩切割,却忘记分开包装。我将它们一齐塞进冰箱,再一齐拿出来时,对着冰坨坨,我傻眼了。刀劈不开,水冲不开,那就用蛮力让它们分开。我将冰坨坨往灶台上一扔,无效,我再将冰坨坨往水池一摔。灶台是实心的,无效也无恙,但水池只有薄薄一层底,在冰坨坨的撞击下,裂开一个大洞,一地碎片,带着水渍溅到我的脚上,而冰坨坨经过自由落体,依然顽固不化。我对着黑洞,绝望,无助,惊惧。我想,我这辈子怕是做不好饭了!

无论如何,一路磕磕绊绊,好朋友来家,我能端出四菜一汤了。但不敢留宿,因为我怕会做的菜只够一天不重复,第二天又会再现。我曾列了个菜单,写过当年要学会的三十道菜,还在旁边画过思维导图,怎样用学会一道菜延伸出更多搭配,变成翻倍数量的菜。

发小儿凤至今记得我招待她的一顿大餐,光荤菜就有蒸香肠、红烧猪蹄、合肥老母鸡汤、珍珠丸子。她边吃,我边说,如何从前一晚就开始准备,剁猪蹄、炖鸡……

饭后,她有点不好意思,主动提出洗碗,我欣然答应。由于不熟练,我不但备餐时间长,还差生文具多——做饭时,葱一个碗,蒜一个碗,五种食材得分五碗装,招待凤这一顿,不夸张地说,全家的碗都被我用上了。

果然,凤推开厨房的门又关上出来了,她说:"还是我们一起洗吧……"凤又问了我一个问题,"如果有十个鸡蛋,其中一个是坏的,你要用几个碗?"

"十个。"我坚定地答。

"好的,我明白你为什么要用这么多碗了。"凤叹了口气。

"你呢?"我好奇。

"两个,一个大碗,一个小碗。打一个在小碗里,发现是好的,就倒进大碗,反之,倒进垃圾桶。"

凤的回答让我感受到什么叫厨房里的"智商压迫"。

凤从我家回去,路上接到我的电话。我问她吐了没。

她说:"没,但为什么这么问?是鸡有问题还是猪蹄有问题,还是土豆丝的原形发芽了?"

我仔细回想,全无问题,但自己呕吐不止。我去医院检查,发现怀孕了。

从此,我过上饭来张口的生活,父母、公婆轮流来伺候。九个多月后,孩子和家政阿姨同时出现在家里,我"做饭",只"做"

一个人的——母乳。

请家政阿姨是一种瘾，请过就戒不了。几年间，我除了做过孩子的辅食，没下过厨房。直到两年前，孩子上网课在家，家政阿姨返乡未归，我不得不又拎着菜刀上岗。

不知是生活经验丰富了还是科技进步了，奇奇怪怪的小家电、各种美食APP，拯救了多少都市"手残党"，其中包括我。

我置办了三口锅——煎、烤、煮一体锅、自带做菜程序的智能锅、空气炸锅。破壁机是好东西，也能当锅用。

我在各个视频网站和APP上做调研，关注了一堆美食博主，使用过若干做菜小程序。我的心得是，同类菜中，查用时最短、点击率最高的那则短视频最有用。因为大数据告诉我们，用时短说明容易操作，点击率高说明味道不错，受欢迎。我用用过一个小程序。当你不知道做什么时，就把你已有的几样食材全部输入，点"确认"，须臾，它们是能组合搭配还是变成几个独立菜，各种选择，一一列举，计算机比你想得明白。

此外，制定一张私家菜程表，事半功倍。每一天都要想吃什么、怎么做，说实话，有点头痛。营养要均衡，舌头要保持新鲜劲儿，因此，我认认真真排了表，分早、中、晚，将食物们分大类。比如，早餐需要饮品、主食、水果、肉类，饮品分牛奶、豆浆、麦片等，主食分花卷、包子、饺子、饼、面包、蛋糕等，水果、肉类以此类推。午餐、晚餐如早餐类推，鸡鸭鱼肉、海鲜务必排好班，有哪些外卖、预制菜适合做加餐，通通列在表内。每半个月一次大轮回，真真是《红楼梦》中管厨房的柳嫂子所说，把菜名写成水牌，转着吃。所以，其实只要动半个月脑子,好好记录,剩下的微调即可。当然,不怕辛苦的,可以一个月、两个月大轮回。

我在某生鲜超市有会员卡,每周会员日,所购商品均打八八折,有了菜程表,买菜便能胸有成竹。

抓重点,家常菜就那么几个,全家每个人爱吃的也就那么几个,找对菜谱或视频,反复练习,一道菜做十遍,做完第十一遍,你就可以拍视频了。

我在古籍出版社工作过,当年社里有一本常销书法书——《永字八法》。编辑对我说:"你把'永'字练好,常用的笔画都能练到。"一些菜,你把它们练熟了,分解、演化、合并,无限延伸。

今年两位家政阿姨交接工作,有半年空档期,我又上岗了。事实上,家政阿姨在,菜程表也是她厨房工作的日程表;家政阿姨只做半天,晚饭还得是我来做。

看脱口秀节目前,我用空气炸锅做了烤羊排,炒了蛋炒饭,炖了玉米排骨汤,还清炒了一盘花菜。

"别人是下厨房,我是'吓厨房'——惊吓的吓。"女选手在屏幕上说。

我笑了,成长是一生的必修课。时至今日,我下厨房也依然"吓厨房"、吓别人。比如,除了我,全家都不吃辣,每当我想发火,就炒辣椒,不开油烟机。在呛人的辣味中,人人都感受到我的怒意,并受到惊吓。

人生是旷野，
不是轨道。

我是我见过运气最好的人

岁末年初,许多人都在讨论年会,说起年会,免不了提到抽奖。我喜欢这个话题,因为我的中奖率远远超过平均水平。

还记得我读书时,发票能刮奖。我的一位同学吃完饭,刮开发票,中了五块钱。他欣喜若狂,认为是吉兆。因为正逢找工作的关口,提他把那张发票当作幸运符,小心地放进钱包,愣是没舍得去兑奖。

我听后,大惊:"这有什么稀罕的?"

他也大惊:"中奖很难的,好不好?"

事实胜于雄辩,下一次,我们一起吃饭,我随便一刮,刮出五十元中奖额,他目瞪口呆。

我继续在他伤口上撒盐:"上次,我在门口'九头鹰'吃了两顿——中午一顿、晚上一顿,各中五十。"

我抽奖抽到过火锅,是鸳鸯锅。那口锅大到加上包装盒,我得举着回家。而那天我只是在商场买了两双袜子,拿小票在商场一层抽奖处转了下转盘,指针刚刚好落在三等奖上。

两双袜子十块钱,那口锅值八百。

当晚我妈就用上了新家当。她敞着门,楼上楼下经过的人看到了全问一声:"吃火锅啊?"

"对,"我妈显得比我因优异成绩或业绩得奖了还开心,"谁让孩子手气这么好呢!中的奖!"

另一次,在另一家商场。平安夜,我买了件大衣,见商场楼下布置了一棵巨大的圣诞树,持小票可以开红包盲盒。我绕着圣诞树转了一圈,对工作人员指指两片树叶夹着的薄薄红色信封。她反复确认,拿衣服叉子给我够下来。我打开红包一看——四百元现金。这个中奖额不算当天最高。

奇妙的是,经过一夜,经过在镜子前左顾右盼,来回琢磨,第二天一早,我后悔了,携那件大衣去退货。当时的服务真是人性化,二话没说,给我退货、退款。

我说:"我还抽中了四百块红包呢!"

营业员沉吟一会儿:"不是一个部门管,我也不知道谁管,你拿走吧。"

好的,从善如流,我有种把圣诞节过成感恩节的魔幻感。

我很少买彩票,因为觉得好运气要用在刀刃上,仅有的几次买彩票,众人都买,我不能不买,中奖金额不大,但胜在从没走空。

年会更不用说了,去年的一天,我老公问我娃:"哪儿来的新平板电脑?"

我娃答:"妈妈参加一个年会抽奖抽中的。"

我老公迷茫:"你妈不是抽了个投影仪吗?"

娃更迷茫，我赶紧解释："投影仪是在另一个单位的年会抽中的。"

每次中奖，我会在小范围内宣告下。

每次谈到一些人生来具有"锦鲤体质"，我会立马表示，我是我见过运气最好的人。

名声在外，以至于我的朋友作家小张要出远门前会专门在微信上找我借钱。

她说："借一块，下飞机就还，主要是借你的运气。"

我借了，她还了，我发了微信朋友圈。一时间，找我借一块还一块的人急剧增加。真的有人相信我是"锦鲤"吗？

对，真的有人相信。

之后，有人找我剪彩，有人找我给孩子起名，理由均是"你运气好"。

我真的是"锦鲤"吗？

当然不是。

我小时候成绩不好，被老师停过学，勒令在家闭门思过半个月。半个月内，我被我爸送去三线厂的车间尝试了至少三个工种，以体会生活的不易、学习的容易。

停学结束前一天，我拎着一个破筐在铁路上捡煤渣，吹在我脸上的风和边捡边丢的黑煤渣一样令人难忘。

我高三时才知道要努力学习，被迫在临考前发狠，把所有数学书全背完，才勉强考上个普通本科院校。

大学里,我考英语四级考了四次。前三次,每次考试结束铃声响起,监考老师过来收试卷,我皆按着卷子,求对方再给我两分钟,让我把作文写完。前三次,我没有一次成功。

我考研考了两次。

恋爱好几次,才顺利进入婚姻。

刚工作时,我遇到一个一再把"清明上河图"读成"清明上坟图"并认为那就是标准答案的领导,可文案过不过、项目成不成全由他说了算。作为本地人,他经常指着鼻子骂我"你们这些臭外地的"。那段时间,每天下班回家,我先哭一场,每周看到报纸上的专栏有我的名字,我才能告诉自己,我还有优点。

我打过三年官司,在深夜接到过恐吓电话,报过警。

很好的朋友和我绝交了。

我娃不是天才,特别浪费"财",上了三年国际双语幼儿园,让他用英语说起"早上好",他说"zaoshanghao"。

人到中年,颠沛流离,好不容易花十几年适应一个城市,又抛弃一切,来到另一个城市。

…………

我经历的挫折起码与平均水平持平,郁闷时甚至想,为什么同样是路,我的坑坑洼洼更多?

问题在于,讲故事时重点说哪部分,你把坎坷当过程还是当结果。

我只愿意说我是"锦鲤"、走运、手气好的那部分。

一定要说坎坷、绕过的远路,也只说最终走过去、迈过去,有好的结局的那一部分。

我毕竟有惊无险地完成了高等教育,毕竟在合适的年纪完成了人生大事。

我打过官司,遇到过好人,我报过警,警察尽职尽责。

我在职场被"PUA"过,可我写了五年职场专栏,离开"PUA"我的人,我却再没写出过更精彩的职场残酷故事。

问英语"早上好"怎么说,孩子迟疑着念成无声调的拼音"zaoshanghao"时,我盛怒。几年后我发现他长大一些,单词自然认得,句子自然能说好,"zaoshanghao"还成了我们间常拿出来咀嚼的笑料。

从北京换到上海,换种生活,换种方言,我现在会自我介绍:"侬好,我是林嘚嘚。"

仅记住所有快乐。

当你选择快乐的、励志的、喜的而不是忧的片段,把它们连起来,成为你的故事,并一再重复,你会得到积极的心理暗示,听到的人也会这么认为,然后他们更愿意把机会给你。

前段时间,我陪堂妹去北京积水潭医院看腿。堂妹在银川的军区大院儿长大,五岁时不慎在玩耍时骨折,条件有限,因为当时草草手术,没恢复好。直到这两年,她腿疼去查,才意识到是小时候种下的因。

在积水潭医院,医生宽慰她,大意是,没有大碍,即便要做手术,技术也已成熟，目前需要注意哪些哪些，可以服用什么什么。

看完病，我和堂妹及她大学同学w聚餐。

w说了很多同情堂妹的话，比如"你腿得多疼""你小时候遭罪了，你以后还要护理""你命真苦"。

"苦吗？"我诧异。我和堂妹面面相觑。

是的，单独拎最苦、最痛的一点来看，谁不苦？谁不痛？把所有经历过的苦痛连成一条故事线，每个人的人生都是悲剧。

那天，席间，堂妹谈起她的生活。四个老人健康，女儿可爱，丈夫好，工作稳定、福利佳……虽然近半年腿疼，自己把自己吓够呛，赶紧挂了专家号，讨了个说法，问题能解决就不算啥。

"你真幸运！"w由衷地说，她叹了口气，"不像我，我总是很倒霉，我在北京是没朋友的。"

"别这么说，倒霉越说越成真，'锦鲤'越说越成形，相信我，我是我见过运气最好的人。"我插嘴，并打开手机，把历年来我抽奖中的奖品、一一展示，对自己再一次进行积极明示。

人生是旷野，不是轨道

同学是美女，不是人们打招呼时喊"嘿，美女"的那种美女，她是真的美，艳若桃李，明媚动人，眼波流转间，总让人想起一句宋词——"欲问行人去那边？眉眼盈盈处"。

同学的名字便叫盈盈，但不姓任。在我们的少年时代，金庸小说及武侠电视剧火遍大江南北，我们班的每个男生都自称是《笑傲江湖》中的令狐冲，只为和"盈盈"扯上些关系。

盈盈的颜值绝不是拿智商换的，在四十个人的班级中，她的成绩总能排前三，而一个年级四百多人，盈盈的成绩属于第一流。

盈盈人生的第一次挫折发生在我们中考时。那会儿，最好的学生往往选择读中专，原因无他，早点工作早挣钱。上了高中如果考不上大学就算砸手里了，太冒险；上中专，国家包分配工作，想继续深造，有夜校、自考等。

十五岁那年的夏天，我在母校门口遇见盈盈，我还记得她挥舞着经济管理中专学校的录取通知书向我打招呼时的样子。如果我能拥有那张通知书该多好，中考比盈盈少八十分的我不禁心生羡慕。

"如果盈盈选择读高中该多好，哪怕像你一样读普通高中，也会多些可能性。"稍后，在班主任办公室，班主任拣出一只信封递给我，评点刚走出门的盈盈，不住地惋惜。

我诧异了。

班主任解释:"盈盈应该冲一冲,参加高考、读大学的,是父母不够有远见,以她的成绩足够上全市最好的高中。"

班主任果然有远见。三年后,等我高考,等盈盈中专毕业,世界已悄然发生变化。中专生不再被社会青睐,分配制取消。同学中的另一人,当年中考分数与盈盈一分不差,选择读高中,这一年成为全市理科状元。

盈盈后悔吗?我不知道。不过,凭她的美貌和聪明,我相信,她在任何岗位都能出人头地。

后来我去邻市读大学。听说,当时盈盈在一家鞋店卖鞋,每天要跪下无数次,为顾客试鞋、系鞋带,机械又礼貌地夸赞对方:"真适合您!带一双吧!"又听说,盈盈做了份兼职,在某饭店门口做啤酒小姐,她穿着白绿相间、凹凸有致的礼服裙,披着绶带,将自己打扮得和推销的啤酒一个色系、一个造型。

我大学毕业时,盈盈在同学中引起轰动,是由于她的职业转型。

没人知道她在蹲下为顾客系鞋带,站起弯腰放好鞋或打好包,无数次喊着"欢迎下次光临"时默默背着多少单词,也没人知道她推销啤酒,迎来送往,拿起子熟练打开啤酒瓶盖,睖一眼,说"恭喜您,获得'再来一瓶'奖"时是不是在计算饭店和夜校的距离。

总之,中专毕业四年后,盈盈拿下了自考本科的学历,通过了翻译资格考试,取得了资格证书,进入一家以同声传译为特色的公司工作。她终于能拥有一张办公桌,坐下来上班,终于能拖着行李箱在一座又一座城市辗转，出席会议，站在镜头前，展现她的伶牙俐齿、思维敏捷。

我们都以为盈盈过上了属于她的好日子。

一日聚会，大家说起现在的生活，所有人都为盈盈叹息，说她当年最大的失误是上中专。

盈盈愕然，说："读中专并不是我最大的挫折，我后来遇到的挫折比读中专多得多。"

所有人面面相觑，只听盈盈娓娓道来。

在中专，盈盈遇到了她的初恋。两人十六岁相遇，情投意合，彼此见证对方的成长。无论盈盈卖啤酒还是卖鞋，每天上班，初恋送，每天下班，初恋接。卖完啤酒，两人一起去夜校读书。他们走遍大街小巷，尝遍各种风味的大排档。"当时虽然穷，但真的开心，多少年了，我都忘不了，夏天晚上坐在他摩托车的后座，我紧紧搂住他的腰。车速飙升时，我的长发被晚风吹起。日子充满希望，爱人就在身边，那是种逍遥、自在、快乐似神仙的感觉。"

"后来呢？"我们好奇。

盈盈黯然。从十六岁到二十五岁，漫长的九年恋爱长跑以走进婚姻殿堂结束。然而，相爱容易相处难，结婚三个月，盈盈和初恋发现了彼此的不合适、彼此家庭的不合适。他们没有磨合好，年轻气盛，要分开，都赌对方不会答应、舍不得，不记得是谁先说了分手、谁立刻回道："离就离，别后悔！"

一个秋日的下午，盈盈和初恋办理了离婚手续。出了民政局的门,初恋骑着摩托车向东,盈盈拖着行李箱奔赴机场,向西。两人分道扬镳,在他们的事业都刚刚有起色的好时候。

"我很长时间走不出来,出差的时候,在飞机上哭,坐在办公室,对着电脑、黑屏的时候,我总能看见我的眼睛是肿的。"盈盈回忆道。

现在,盈盈经常在朋友圈晒她的家、她的孩子。当她提起不为人知的短暂婚姻,我知道,那些都已经过去了。

"你现在已经过得很好了,何必纠结于往事?"我安慰盈盈,递一张纸巾让她擦眼泪。

"如果你觉得谁过得好,一定是因为和他不熟。"盈盈破涕为笑。

"怎么说?"所有人你看看我,我看看你,会心一笑,集体摇头,开始对盈盈的言外之意表示疑惑。

盈盈离婚两年后才迎来第二春,二婚丈夫是单位同事,还担任过她的上司。第二次婚姻,盈盈很慎重,先相处,先让两个家庭磨合,而后才谈婚论嫁。今年已经是他们结婚第十年,孩子八岁,读小学,聪慧可爱。

盈盈说:"我不愿意孩子太过紧张,所以虽然他能读学校的重点班,而我选择了普通班,只想给他一个放松、轻松的童年。"

丈夫和她的意见一致,从这一点上便能看出,两个成熟、理智的人组成的家庭和谐、幸福。

盈盈算苦尽甘来吗?不,盈盈陷入沉思。她出了会儿神,告诉我们这几年她遇到的糟心事。

"我老公曾被裹进一桩经济案,虽说结局是好的,但一千多个日夜,一家人都为此烦躁不安。每次开庭前,我们都会惶恐,夜不能寐,投入诸多精力、时间,花费巨资请律师。"盈盈说着,有点往事不堪回首的感觉。

"你呢?现在怎么样?"盈盈把头转向我,"看你朋友圈,觉得你在北京过得很好。对了,我们同学谁谁、谁谁谁也在北京,他们过得都很好吧?"

我先表示,我最近的烦恼是:明年孩子升学,去哪儿不知道;去年老人生病,我在手术室门口加班;上个月全家跨省搬家,耗尽我所有气力;关于成为自由职业者的选择,我不断追问自己是对还是错。

而她说的谁谁、谁谁谁包括当年我们班后来成为高考状元的那个小伙儿。

他搞科研,在高校工作。前不久,我见到他,他说,他一定要悠着点,太拼了,主要是自己拼,再这么拼下去,像被绑在跑步机上下不来,革命尚未成功,他先捐躯了。

盈盈笑了,其他人也笑了。

"如果你觉得谁过得好,只是因为跟他不熟。"大家齐声说,之后七嘴八舌说起各自的不如意、各自的挺过来、各自的释然,以及各自的不再羡慕。

人到中年才发现,原来我们的生活并不是某个单行轨道,而是旷野。我们在旷野之中,过自己的生活。通往幸福的路绝非只有一种,我们都用自己的脚步走出了最适合自己的那条。

为不开心整份清单

一天晚上,我失眠了。

不是毫无睡眠,而是半夜醒来,再也睡不着。七想八想,看了会儿手机,喝了几口水,再上一趟洗手间,重新躺回床上,睡意全无。

数羊,数鸟,数鸡兔同笼多少条腿数到一千只,发现都没用。我看着天一点点变色,从墨蓝到深蓝,再到浅蓝,开始泛白,白得越来越明显,直到白完全战胜了一切深色,天亮了。

六点多,我才眯了会儿。七点闹钟响,必须起床,有一堆事要干。

说来奇怪,这一天一堆事儿,没有一件顺的。

洗漱时,我发现牙膏挤不出来,前端呈凝固状,原因是前一天牙膏盖不知道扔到哪儿去了。

接着,我要出门。我约了网约车,来到定位的地方,却和司机沟通不畅。我没找到车,当然,车也没找到我。我只好取消,在早高峰期,我重新定位,重新打车。一延迟,就是半小时。等终于上车,又意料之中遇上堵车,司机狂拍方向盘,我狂掐手心,他路怒,我也不甘落后。

我的目的地是一个展览场馆,目的是参加一场活动。不出所料,我迟到了。保安拦着我不让进,我亮证、打电话联系活动方对接人员。大热的天,站在烈日下,我快要晒化了,接我的人朝我挥手了。

我溜进会场，弯着腰找到座位。

活动中，有我要发言的环节。轮到我了，我手忙脚乱在包里找发言稿，惊觉竟将稿子落在网约车上了。我的心怦怦乱跳，怎么会犯如此低级的错误呢？

按平时的记忆力和临场发挥的经验，我完全可以脱稿，但是累、困、疲倦、心情不好使我站在台上连连说错好几个人名、地名。大部分听众不在意，可是总有一两个在意的，他们诧异的眼神如针、如刺，扎着我的脸。我快速结束发言，将麦克风交还给主持人时窘得满脸通红。下了台，我发消息给邀请我的人，不住地道歉："今天状态太糟糕了。"

我揣着懊悔，匆匆赶回家。口干舌燥的我想烧壶水泡杯茶，热水壶显示器不亮。我以为壶坏了，换另一把壶，灯还是不亮。我开灯亦然，开电脑，电脑反应雷同。原来停电了。

我掏出手机，发现电费用罄的消息早已弹出来。我居然漏看了！买电是充值式，我翻箱倒柜找到电卡，举着冲出家、出小区，我一摸脑袋："哎呀！"忘了戴帽子。

下午三点的太阳比上午九点的更烈，更让人冒火。我无遮无挡，裸着一张脸，想到步行至离家最近的银行来回一小时的路，我将晒出一百粒雀斑。

一夜无眠的乏、丢了发言稿和面子的懑、三十七摄氏度的热，在我推开银行门找不到可供买电的自助机器，只能取号去柜台办理，而前面排着六十六个人时，我的情绪几近崩溃。

情绪崩溃点在晚上。

事事不顺，我和孩子互相给对方摆了一道。他没考好，我因为在银行等号，错过正点接他放学的时间，导致他在学校门口的传达室足足等了我四十分钟。

"你怎么才来？"孩子见到我，一撇嘴，不由得控诉。

"你才考了几分！"路上，我问起他的单元测验，忍不住喝道。我能感觉到，经过暴晒的头发根根立起来。

我们一路都在吵，进门后，冲突升级。更晚些，随着家中其他人出现，参战的人增加，各说各的理，各诉各的委屈，一声高过一声，声声入耳，最后是"哐当"一声，我把房门重重一摔，将自己锁在门内。我没吃晚饭，选择一个人面壁，墙壁见证了我的眼泪。我边哭，我的脑海中边浮现一句话："为什么倒霉的总是我？为什么今天这么倒霉？！"

我想看看一天之内经历的不顺心事究竟有多少，哭完就找来一张白纸，把所有倒霉事都列出来：

1. 困。

2. 牙膏挤不出来。

3. 打车遇挫。

4. 堵车。

5. 迟到。

6. 进不去会场。

7. 发言稿丢失。

8. 发言失误。

9. 停电。

10. 漏看电卡欠费消息。

11. 暴晒。

12. 买电等待时间太长。

13. 第二次迟到，耽误接孩子。

14. 被孩子责怪。

15. 孩子考得不好。

16. 责怪他，被还嘴。

17. 其他家人没有彻底帮我。

18. 赌气没吃晚饭，现在饿了。

……

居然列出将近二十项不开心。

对着它们，我仔细端详，忽然意识到，倒霉和倒霉之间、不顺与不顺之间、不开心和不开心之间存在内在的逻辑。

它们不是并列的，有的能合并，比如进不去会场、发言稿丢失、发言失误是一件事；有的成因果，比如，漏看电卡欠费消息、停电、买电等待时间太长、耽误接孩子。

整理一下，我这一天的不开心、不顺遂，关键词主要是迟到、发言失误、停电、暴晒、孩子没考好。它们的源头都是没睡好。没睡好，我才会暴躁；没睡好，才会记忆力衰退；没睡好，才会连一点点小事都过不去。同样的事儿，搁在睡好的状态下，我都能轻飘飘地释怀，或许根本不会发生。

再往前追究，其根本原因在于，前一天下午我喝了两杯浓茶，晚上又在睡前刷手机看短视频，大脑过于兴奋，难以入眠，睡着后又睡不踏实，午夜梦回，仍没忍住看了会儿手机。

如何解决？如何避免再次出现类似的烦恼——不顺的第二天？

先戒掉下午的浓茶、咖啡，以及其他全部提神醒脑的玩意儿；再戒掉手机放在床头柜上的习惯，不带手机上床，半夜醒来也绝不看手机，杜绝睡眠杀手。

当然，我的发言出现问题，与发言稿丢失脱离不了关系。可是，如果我除了纸稿，在手机中再存一份电子文档呢？现场能作为备份打印，不能打印也好过什么都没有，全凭记忆，起码上台前，我能将其作为纲要，起提醒作用。看一下之后的日程，哪天还有活动，赶紧备份一下。

此次电卡充了足足能用三个月的电费，为避免下次逾期未交的情况发生，在日历上重点标注两个月二十五天的日子，设置闹钟提醒，文案只俩字："电费！"

被暴晒，一定会留下晒伤痕迹，这让我耿耿于怀，令我越发暴躁。赶紧去做晒后修复的面膜吧，还等什么？！

孩子考得不好和我耽误接他基本可以相抵。很难说我是为了泄愤、迁怒还是真的为了成绩本身向他发火，算了，出去，和他和解吧。

时钟指向八点，我推开门，孩子正趴在桌上写作业。他抬头看我，怯怯的。我迎向他的眼神，他察觉出我的怒意已消。

"我饿了，还有什么吃的没？"我对孩子说。

"我去给你拿包子！"孩子殷勤地站起来。

我吃包子的时候，孩子问我："刚才，你在屋里干什么？是不是想着怎么批评我?"

我说:"不,我在给我的不开心整份清单。吃完包子,我要去洗个澡,再敷张面膜。"

最好的旅行都在计划外

有一年六月,我收到一个邀请,和一帮人去边疆某小城游玩。

这份邀请很突然,组团很突然。虽有日程表,行程却因天气、团员心情,随时被推翻,旅行变得多变、刺激、不安。

有人行前做了详细的攻略,此刻,攻略从"拼图"变成"乐高插件",某个具体景区的特点、重点没变,但"整体造型"即安排和计划好的完全不一样。乐高嘛,随意组装,拼搭成型。

一天清晨,我被急促的敲门声吵醒。

"今天是户外活动!穿上最轻便的鞋,做好防晒准备,戴上帽子和水,带你们出去走走!"组织者敲开所有人的房门,站在走廊里大声宣布。

"去哪儿?"所有人听命令,快速洗漱、擦防晒霜、戴帽子、换鞋、装水,大声回应。

"去了就知道了!"组织者摆摆手。

我后来才知道他不是不想说,是根本说不清楚。

所谓出去走走,不是上车睡觉、下车拍照、随便溜达几圈,而是徒步旅行。

车驶入一条窄道,窄道尽头是一座山。到了山下,司机和车打道回府。

"下午,司机大哥会在李家村接我们!"组织者表示,"剩下的路,我们自己走。"他发给我们一人一根登山杖、一件叠得方方正正的一次性雨衣。

接下来的半小时内,我都没意识到异常,和大伙儿有说有笑,在蜿蜒的山路上蹦蹦跳跳,雨衣被塞在双肩包里,登山杖别在包带上,更像个摆设。

又过了半小时,我发现不对劲儿。太阳当头照,气温越来越高,山那边还是座山,野花簇拥着我们,参天大树少说也有三百年树龄,山路盘着山路,小河弯套弯,没有车辆,只有当地人在骑马、放羊。

美,真美。

慌,真慌。

不会走到地老天荒吧?我忽然感到体力不支,取下挂在包带上的登山杖。

"还有多久?"我问。

"还有多远?"同行者A问。

"李家村是哪儿?"同行者B想起司机会在李家村等我们。

"再翻过六座山、蹚过五条河,就到了。"组织者一只手搭凉棚,另一只手拎着鞋,裤腿卷得老高,光脚踩在鹅卵石上,清澈的溪水正漫过他的、我们的小腿肚。

我们大吃一惊。

"这是一条绝佳的户外徒步路线,你们要珍惜!时间恰好,季节恰好,天气配合。如果早跟你们说要走这么长的路,谁会来?"组织者理直气壮,有理有据。

"报告队长,我真的走不动了,能让我先回去吗?"同行者C撑着她的登山杖,挣扎着问。她太天真了。

"现在,"组织者指指瓦蓝的天,过客一般飘来几片丝绵状的云,"除非有直升机来接你,否则你只能原路返回。你……能一个人翻过一座山、蹚过两条河回去吗?"

不能。同行者C及抱有类似想法的人全都闭嘴了。

默默执杖前行,每个人都在嘀咕"上当了"。

不知何时山间飘起小雨,树林中,雨滴穿过树叶缝隙,打着我们的面颊,一次性雨衣派上用场了。

雨再次落在我们身上时,发出细碎、清脆的声响。有人说,此情此景才深刻体会到苏东坡的名句:"莫听穿林打叶声,何妨吟啸且徐行。竹杖芒鞋轻胜马,谁怕?一蓑烟雨任平生。"

气氛轻快了。

我凝视周遭,草嫩绿,树干深绿,树梢墨绿,紫的、白的、粉红的、正红的野花绽开柔软的花瓣,冲我们露出娇嫩的花蕊,令人体会什么叫浓翠欲滴、什么叫芳香四溢。一阵风吹来,有些凉意。

风没有吹来更大的雨,我们所在位置的海拔比出发地高得多。

丝绵状的云在山顶,早连成一片,前一刻重云如铅,后一刻云海苍茫,太阳自苍茫中最亮的那一点破云而出。

不是春天,我却想起苏东坡那首词的后半部分:"料峭春风吹酒醒,微冷,山头斜照却相迎。回首向来萧瑟处,归去,也无风雨也无晴。"

这是从未有过的审美体验，这是纯属意外的无心遇见。

既然知道七座山、七条河是今天徒步的极限，那就走吧，别啰唆，不抱怨。登山杖用着用着就熟练了，衣服湿了怕啥，一会儿就能晒干。

早上七点出发，到下午四点，最后一座山终于来到我们眼前。每两个人一组，互相搀扶，在长途跋涉中，都聊尽了各自的生活。

在我身后的那组拍下背影，我事后看照片时感慨，真真是天地间，人渺小成一个黑点。

原以为在李家村见到司机大哥，我们会哭出来，像电影《甲方乙方》中吃光全村的鸡蹲在村口等人接的大款。但大家只是松了口气，兴高采烈地上车，在车上，几乎秒睡，梦乡黑甜。

醒来，下车，就是晚宴。

"怎么样？体验如何？"组织者言笑晏晏。

我忽然觉得，相较于那些做得一丝不苟的几点去、几点回、哪里有什么古迹、哪扇窗前最出片的旅行攻略，这场未经安排，如开盲盒似的徒步更令人印象深刻，过程中意外遇见的山河、风雨成为此行最值得记忆的点。

因为无心，所以开心。

我想起三幅相似的画面。

第一幅，在黄山歙县。出牌坊林立的景区后门，我一路闲逛，逛累了，便走进一家不知名的乡村小店，点几样菜，都是家常味道，并不惊艳。口渴的我问老板:"有水吗?最好是茶。"老板答:"没有好茶,只有自家茶树上、自家烹炒的绿茶。"稍后,他将茶端上来。满屋香,沁人心脾,呷一口,飘飘欲仙,浑然忘忧。我问:"这茶多少钱?"老板又答:"不知道该要什么价,免费喝,喜欢的话,带点走也行。"

那盏茶,我记了十多年。

第二幅,在深圳大梅沙海滩。有人骑着海摩托,掀起一片海浪。

"去不去?""来不来?"第一句是旅伴问,第二句是租海摩托的小贩招揽生意。

"去!"我一时兴起,一跃而上。小贩搂住我的腰,控制着方向盘,海风扑面,海水扑打至腰间,天旋地转,那扑通扑通的心跳,我现在还记忆犹新。

第三幅,在新疆巴音布鲁克。半夜,一场大醉后,我在酒店房间被"扑簌簌"的声响惊醒。我披衣而起,四处寻找"扑簌簌"的来源,遍寻不获,再仔细听,"扑簌簌"继续,仿佛来自窗外。我犹犹豫豫地推开窗,发现竟然下雪了。雪之大,压弯了树的枝条,雪从枝上成块滑落,擦着树叶,落在地上,"扑簌簌"。

那寒冷空气中雪花飘在鼻头的清冽触感,我一生都不会忘。

它们都未经安排,情理之中,意料之外。

"精彩!"我冲组织者竖起大拇指。

"这条路是经典路线,绝对安全,我带着无数团队走过。许多人认为走不成,放弃走,可走过的人没有后悔的。你们不会觉得我事先不告知你们要翻七座山、蹚七条河这事儿唐突吧?"组织者开玩笑地说。

"不会。"我发自内心地表示。

在可控中有一些不可控,在整体安排妥当的状况下留一些白,做百分之八十五的计划,剩百分之十五随缘。把百分之十五用于遇见、撞见、感受、品茗,是最好的旅行,也是最好的人生吧。

毕竟,刻骨铭心的体验都来自计划中的计划外。

我向往的乡村生活

我的乡村生活经验乏善可陈,最近一次是和同事们去山村农家乐住了一宿。

我曾在一家出版社工作,单位的印制小伙儿家住北京郊县,他是他们村唯一一个大学生。他说,他毕业的小学想和我们做一次联谊。

我们的队伍浩浩荡荡,人不多,三辆小巴却装满了——除了人,都是书。山路弯弯绕,几经波折终于到了目的地。我们和小学生座谈,积极回答他们无所不及的问题,每人捧一摞书送到对应的孩子手里,拥抱、系红领巾、合影,大伙儿都很高兴。

之后,车开进印制小伙儿家里。

农家乐是他父母的副业,主业当然是务农。

门冲着山,院子露一片天。主人很热情,将我们分别带到四合院的东西南北房里。我把行李放在炕上,对着花布寝具,觉得到处都新鲜。

土鸡蛋黄得朴实、真诚。

板栗生吃原来也香甜。

大灶下烧的是柴。这边火旺,那边印制小伙儿也没闲着,他在院子正中央双手捧着自制的烧烤工具——两层铁丝网里盛着羊腿,在炭火上,不时地翻转,很快便香气四溢。

空气清新,气温比城里凉,顺着梯子能爬上平房的顶。

入夜,平日坐格子间的同事们躺在凉床上,倚在竹椅上,围着院中小花坛闲话……

熟悉的人变了姿势、换了场景、更新了话题,因反差,显得不真实又有趣。

不知怎的,我睡着了。

醒来,窗外大亮,枕边人一个也无,他们都去爬山了。

犬吠,回来的人进门,手中都捧着野花——

一切都让我想起大四时在同学左左家的情形。

左左家在安徽青阳。

当年,我们一行四人,随她去九华山玩。

坐了很久的车,中途还换过船,出了青阳车站,左左在路边电话亭给家里打电话。又坐了蹦蹦车,下车,左左指着在一大片菜地、鱼塘后的一排排样式相同的房子:"烟囱冒烟的就是我家。"

乡村的路看着近,走着远。

自然溪水绕着一畦畦青菜,环着整个村落,小鱼儿在其中游动。

左左一声"妈!"宣告旅途的终点到了。左妈妈已准备好晚餐,地里现摘的辣椒、年下腌制的腊肉、亲自挖的笋……我们中有人说，看见外面种着小白菜，左妈妈连声说："那怎么能上桌？"她的意思是招待贵客不能用贱菜。

我们要给家人报平安，饭后由左左带我们去打电话。她领着我们深一脚浅一脚地踩着泥泞的小道——傍晚下了一场雨，拐了又拐，纵几道，横几道，敲开她一个远方亲戚的门。

"谢谢三奶奶刚才通知我妈……"左左向亲戚道谢。

等我们再深一脚浅一脚地回来，几双手不禁紧紧拉着。天太黑了，没有路灯，全凭左左的经验前行。

好在不久，星星便露了头，我们在左左家楼顶铺了几床草席，躺着。

我羡慕地对她说："你家真大，在这里，看星星，真辽阔。"

这些都是美好的经历。

这两次乡村生活常被我挂在嘴边。

一日，一位女性朋友突发奇想，约我一起在农村买地、盖房，"老了后去安家"，被我拒绝了。

她继续勾勒着美好的前景——猫狗成对，鸡鸭成群，再喂几口猪。

"你内心深处一定有个桃花源……"她想说服我。

我只问她："去乡村，我们能做什么？"

第一，没有社交。我们能和村里的老乡客气、热络、相互问好，但和没有共同经历的人无法谈心。朋友如你我，也许可以同去，但只有彼此，顶多再多几个人。要知道，在城市，我们不断发展新朋友，拾得新趣味；即使不这样，随便找家咖啡馆，和一群相似的陌生人坐在一起不发一言，也觉得是种沟通。

第二，没有百货大楼。

都市女性都热衷于"买买买"。首先，要买；其次，买回来，要"晒"。乡村一没有可以买到大堆东西的地方，二没"晒"大堆东西的对象，我们会觉得生活无趣。

同理，各式餐厅、电影院、游乐场所对我们的重要性，和百货大楼一样。

第三，没有想要的精神生活。

虽说网络已经普及，电话也不像过去仅有几部，但各种活动呢？讲座、沙龙、展览、音乐会？书可以带着走，可总不能带着一座图书馆走……

当然，最重要的是第四，没有能做的事。

比如我，怕狗，不喜欢收拾，尤其是收拾动物粪便，不会做猪食。还有，文艺青年，对自己养大的，哪怕是猪，看到它死，都会心碎、会哭。

我们会做的、擅长的是做演示文稿、报告、方案、组织、策划、执行。做这些时，我们会意识到自己的优秀，去做农活只会意识自己是差生，并不像有翻身的可能。

过些日子，她邀请我去她的农家小院——她最终没买，只是租，在那儿度周末。

那个院子竟然颇像样了。有南瓜、丝瓜、葡萄架，绿纱糊在木窗上，玉兰、桂花、凌霄、素心梅等满园皆是。

"我这儿，一年四季有花赏，一年四季有花尝，"朋友得意，"比如桂花，可以做桂花酒，可以做桂花糯米藕。"

我打断她："都是你自己种和料理吗？"

"当然不，我雇附近的老乡照顾，他们比我专业、有经验，"她的手一比画，"这一片小院都是如此，城里人租地，也租配套服务。"

我靠在躺椅上，闻着花香，向她表达羡慕。

她摇着扇子笑："你不是说不喜欢乡村生活吗？"

"纯粹、职业的乡村生活不是不好，只是不适合我。大观园里，亭台楼阁，极尽奢华，偏要有一处'稻香村'做耕织状，那是城市动物的娱乐。我向往在乡村有一门亲戚，我能随时去看他，感受反差，感受逃离，也随时能走，回到我生活的正轨，过我习惯的，做我擅长的。"

"我就像你说的亲戚……"女友喃喃道。

我仰望夜空，像之前的每一次一样，发自肺腑地感慨道："在这里，看星星，真辽阔。"

人生就是一个蛋饼接一个蛋饼

上个月，我迷上摊蛋饼。

几个鸡蛋，少量面粉，些许葱花，加盐、味精、水，搅拌均匀。起热油锅，徐徐往锅内倒进面糊，把握火候，盯着它成型，再及时翻面；等另一面也成型，果断关火，饼成了。

一张好的蛋饼，软硬适中，香气四溢，表皮是脆的，微微焦黄，脆却不糊。单单吃饼，或夹青菜、培根、榨菜丝，刷点辣酱，味道都不错。

做一张完美的蛋饼，一段时间内，成为我的追求。别人眼里，蛋饼做起来简单，对我来说，颇不易。因为，我的厨艺在两年前还是零，现在，应对一日三餐没问题，可以吃大米为主的家乡，在基因里，没让我自带"面食密码"。一句话，在和面粉相关的领域，我刚上托班。

一个早晨，我在门口早餐店对该店主打产品蛋饼产生了兴趣。

惊艳只在一瞬间，那是味蕾的觉醒，是行动的展望，是新目标的确定。我放下筷子，举起拳头，暗暗发誓，我要学会摊蛋饼！

买面粉，找视频，做实验，置办设备。

过程中，我不断调整面粉、鸡蛋与水的比例，盐和味精的分量；对比手动用锅、铲子烙饼和用电饼铛压出的饼的异同；我甚至拿笔记录，给饼编号，试图找到配方不一的饼中最优秀者，最符合我口味者，确定后，我决定，以后就按最佳方案执行。

那是第一阶段。

确定方案后，我迎来了第二阶段，我称之为"刷题战术"。

作为在考场上身经百战的一代，面对所有未知又想达成目标的事儿，我的致胜法宝一直是练习，持续、刻意、不厌其烦地练习。

摊饼，让我发怵的有三个因素，火候、对何时成型的判断，以及将饼翻面的速度。

我每天起码摊四张饼，发生过饼呈焦糊状，只能弃之的情况，也发生过操之过急，未等蛋液凝固，铲子已伸出的情况。果然，饼提前破了，味道无碍，造型一言难尽。

一天早上，天蒙蒙亮，我看了一眼钟，整六点。一旦醒了，根本睡不着，我索性起床。我从冰箱拿出鸡蛋、虾米和肉松，再去找葱和面粉，对，六点，我便开始练习摊饼了，饼的内容因技术的熟练，在修正、改良的过程中，我能随时加点新意和创意了。

六点半，我将蛋饼们盛在碟子里，看圆碟与圆饼成同心圆，我抬手擦擦汗，为自己的勤奋、耐心自我感动。

我自觉，终于练成了！

几天后，同学带女儿点点来我家做客，点点刚上初中，因一件小事，在我家闹起脾气，她不依不饶，痛哭流涕，嚎啕十几分钟，其他人等面面相觑，不知该如何是好。

稍后，点点爆出郁闷的真实原因，"上初中后，学习怎么这么难啊！小学的数学题，我看一眼就会，现在看好几眼也没思路，有的根本不可能会，我可怎么办啊！"

我和点点妈对视一眼，点点继续抽噎。翻来覆去，喋喋不休，关键词围绕着"难""压力""没有解决方案"。

点点妈苦口婆心，从不适应新环境、新学习方式，一切都是正常的，到勤学苦练是根本，再到找找原因、逐个攻破难关是办法，多个方面开导点点，点点依旧想不开，小姑娘着迷于自己的逻辑，"我能不能不努力还是第一名？我为什么要努力？大家能不能不要这么'卷'，都不努力？"

我和点点妈相视一笑。

很多年前，我们和点点想法相似，用今天时髦的话来说，只想"躺赢"。

午饭时分，主食除了米饭，我还摊了几张蛋饼。

"好吃吗？"我问点点。

"不错！"伤心没有耽误进食，点点咬着蛋饼，夹着排骨，喝着鸡汤，眼睛红肿，大快朵颐。

"阿姨上个月还不会做蛋饼。"我掰着饼，小块小块塞进嘴里。

"这一个月，我妈一天起码摊四张饼，我连吃一个星期，每天两张，我都腻了！我说，你不是练饼，是练我！"我娃洛洛控诉着。

一桌人爆笑。

"可你现在，蛋饼做得很好啊，一点看不出以前完全不会！"点点眨巴眼。

"因为我把做蛋饼当成一个目标，就会努力想怎么能完成，拆解动作，研究难点，花力气，一遍遍练习，我不信我学不会，不瞒你说，前几天，我六点就起床练摊饼了。"我给点点妈递了个眼色。

点点妈学生时代是超级学霸，高考时，曾做过我市探花。她举的例子和学习无关，她说起她刚进单位时，做办公室行政工作的经历。

"我不是一个生活能力特别强的人，但是我的工作，我必须要负责。所以，那时候，如果，我带队去某个地方，我就提前去踩点，把要去的地方，要吃的东西，来回的路，全部摸排一遍，把可能遇到的问题都列出来。这么说吧，如果工作需要，我要请人喝杯咖啡，我要搞清对方的口味、禁忌，如果对方特别讲究，我会先去咖啡厅，点一杯咖啡，自己品尝后，确保无误。"

点点妈的话，把点点和我娃洛洛都惊到了。

"我学游泳和你妈做行政的经历类似。"我接着点点妈的话茬儿。

"怎么说？"两个孩子异口同声问。

"我知道我不擅长运动，但我知道怎么学习，学习本身就是一种能力。我不擅长，所以，我要请一对一的教练；我不擅长，所以我给自己充分的时间，别人学一个星期能会，我学一个月还不行吗？别人一个月能练得如水中飞鱼，我不行，那我练半年不行吗？别人学会后，过很久，仍不会生疏，我不行，我学会后，我每天都去练，直到游刃有余。"

"我妈练车也是！"点点的谈兴被勾起。

对，我了解点点妈，她没什么方向感，还是"手残党"。她在驾校考试时，笔试一百分，后面的考试费了老鼻子劲才通过，之后，她请了陪练，来来回回在最经常使用的几条路线上练习，直到自己认为万无一失、技术精湛。

"对！"洛洛加入讨论，他是小学六年级生，练习棒球已五年，是业余选手中专业级的,他举例很难不从棒球出发,"想在赛场拿到好成绩,聪明重要,训练更重要,不训练,体能跟不上,不训练,动作不标准、不到位,我们在赛场,一眼就能看出谁练得多,谁练得少,那是没有办法的事。虽然,我很适合棒球运动,还是不敢偷懒。"

"所以你们这样轮番'轰炸'我,"点点是个聪慧的少女,她警惕地看着我们,"是为了让我在数学学习上,不放弃,不停刷题?"

"古代有位大哲学家,叫王阳明,他曾说过,'人须在事上磨'。数学也好,棒球也罢,做行政、练车、游泳、摊蛋饼,包括我的职业,写作,我每天都要写,持续练习,都只是人要在事上磨的那一件事。你一旦磨出来了,必有收获。下一次,遇到类似的挑战,你更知道该怎么磨,怎么达到目标。有时候,我会刻意去找一件事磨,在挑战中,获得快乐,感受到精进,体验到从不会到会,学习的成就感。"

一顿饭即将结束,蛋饼吃完,盘子见底了。

我去卧室拿出一对新购得的牛角刮痧板,展示给他们看,这是我最新的挑战,对着视频和书学刮痧。

"你能学得会吗?"洛洛质疑。

"学习是一种能力,我们都知道学习的奥秘。"点点妈说。

"我们总有擅长的事儿,不需努力,便可拿到好成绩。总有不擅长、感兴趣或必须做的事儿,通过努力,通过练习,通过掌握基本的规律,能拿到中等分数。人生就是一张接着一张的蛋饼,我能练好蛋饼,我肯定能学会刮痧。"我自信满满。

"学会了,可以给我刮痧吗?"点点问。

"可以,等你数学成绩提高。"我承诺。

年龄焦虑大可不必

早上起来,你嘲笑了一位朋友。

他找你要一份文件,而文件半个月前,你发给过他。你截了聊天记录的图,截图显示,他不但接收过,还发送过"收到"的表情包。

隔着网,对着图,朋友难以置信,他频频说:"我老了,全无印象。"

你安慰他,你有时也会这样。

"什么老,咱俩不是一样大吗?"

你反应过来,有些嗔怪他拉你下水。

闲话不多说,你有个聚会要出门,今天是小时候的邻居们聚会,都有空,都拖家带口,难得。你对着镜子扑粉,粉有些浮。不知何时开始,你没法素面朝天地见外人,不是脸上有痘,需要遮瑕膏掩护,就是前一夜没睡好,皮肤暗黄,必须提亮。另外,嘴唇的颜色靠自己已不能吸睛,口红是你的法宝,现在,你的包里不带现金都得带上它。

老了吗?当然不。你一直坚信,你多大,全球女性黄金年龄就多大。而今天,人类对"老"的定义已不再是封建社会十几岁出嫁、三十几岁当奶奶、四十几岁被称作"太君"。今天,多少人三十岁刚把书念完?

"那什么是老？"你掏出手机，同时打开三个网约车软件打车时，这句话弹出你胸中的窗口。

"不再掌握新技术，不能跟上社会普遍节奏，感觉被时代抛弃、淘汰吧。"你自言自语道。

你的一个亲戚很早就放弃学习各种新技能，他连软件打车、电商购物都不会，他线上买什么都要求别人帮他；买高智能家电，看遥控器说明书，他已做出投降姿态；他在路边茫然打车的样子令你心痛，四十五岁像九十岁。可你还见过八十岁神采奕奕主动加你微信好友，问你最近在看什么书、用什么小程序的业内强人。等车来的时段，你暗暗攥紧拳头，勉励自己，一定要像后者。

你上了网约车，司机亲切地说道："姐，请系好安全带。"明明是礼貌用语，你的眉头却忍不住一皱，又是"姐"，洗头小哥、中介小弟、快递员、外卖员都这么称呼你。你抗拒年龄的变化，不等于没变化；你否认变化，更显得适应不了变化。

车窗外的风景，在你眼前掠过。你上次回老家距这次已过去三年。三年，城市再换新颜，路名改了，饭店招牌的更迭岂止三生三世。岁月无声流淌，时光的步伐永远朝前，你总不能拒绝承认吧？包括留在你身上的。

你进饭店了，穿高跟儿鞋上木质楼梯。你的膝盖有点儿疼，那是昨天爬山的后遗症。以前的你不会这样，别说爬山，爬完山继续熬大夜，隔天早饭吃顿饱的又是条好汉。而今往事不可追，昨天那么累，你半夜还是醒了，既不能熬大夜，亦失去了一夜睡到天明的能力。

服务员带你进包厢，你推开门，满屋子人。你最先看清楚的那张脸着实吓了你一跳，这不是发小儿娟吗？从小，你们不分你我，好了吵，吵了好，她为何收拾得如此青春靓丽，完全看不出已是不惑的年纪？

你走上前，握住她的手，却听对方喊你一声"阿姨"。噢，你认错人了，来者是娟的闺女。

"像，真像。"你喃喃，冲着娟母女。娟的闺女像足二十年前的娟，椭圆的脸，有些婴儿肥，眼皮内双，短发内扣，如括号，裹住颊。

"哪里像了！"娟的闺女抗议。

也是，仔细看来，不算像。毕竟，娟身高不足一米六，而闺女高她一个头。娟是教师，不可能将头发染成红色。

"老了，老了。"你今天第二次听到同龄人说"老"。

你又忍不住反驳："老什么？"

"孩子都这么大了，当妈的能不老吗？"娟搂着闺女的肩感叹。

是啊，铁证如山。不过，你还不相信自己老。娟结婚早、生育早，你的孩子尚在小学，她的孩子在读大二。

"老了，老了"。没想到，发小儿们聚会，对"老"的讨论成为贯穿始终的主题，每个人都在对比今日和往日的区别——外貌、体力、经济压力、精神负担……

"自从有了二宝,我不染头发不能见人。"发小儿华撩起额前刘海儿,让大家看她白色的发根。

"别给我夹红烧肉。"发小儿雅拒绝此次聚会的东道主热情布菜的举动,她解释,"四十岁是道坎儿,新陈代谢慢了……"她抖抖她胳膊上的肉。

"我不能吃海鲜,痛风。"男士松道。

"过了三十五岁,成天担心被裁员。"

"可是,科技进步,我们这一代会活到一百岁。"

"漫长的六十五年!"

"漫长的下半辈子!"

隔着圆桌面,所有人成为所有人的捧哏。

"你是什么时候感觉老的?"酒过三巡,话题重新拉了回来。

"从身边不断出现更年轻的人开始。"

"昔日的实习生,现在都是某某总。"

七嘴八舌中,你终于开口:"集中注意力的时间越来越短,比如,现在,和你们聊两个小时便消耗了我一天的精气神。"

大家相视一笑,焦虑似乎消解了许多,原来,彼此症状都一样。

既然是发小儿,多年未见,你们不免聊到很久以前的熟人,以及未见时各自的经历和遭遇。他说起初入职场时被年长的上司为难;你说起你们共同的老师从中年起不断换脸,前不久,你遇见她,她现在笑不出来,估计也哭不出来,全怪整容。

"我们可不能那样!"

一声叹息后,你们集体碰杯,在中年往老年去的路上达成一致。

"我们不能那样,那要怎样呢?"你问自己,问绑在同一条年龄船上的人。

你们谈起了运动,希望不会老得很难看,瑜伽、普拉提、跑步、徒步……有人定期健身,一周三次,风吹雨打皆按规矩执行,果然紧致些,精神些。

你们谈起了心态,放轻松比什么都重要。你们不约而同地提起各自认识的过劳死、患抑郁症的熟人。

"人要学会为自己设限!干多少活、挣多少钱,不能没有止境!"那个年轻时最爱说"人生就不该设限"的东道主忽然铿锵有力地发言,如当年你们同意"不设限"一样,此刻为"设限"干杯。

你们谈起了老年后的生活。有人想进行环球旅游,从本地去外地;有人想落叶归根,从外地回本地。

"到时候,我们结伴去旅游吧!"畅想进行环球旅行的人建议。

"到时候,我们住在一个小区吧!"梦想回归的你提议。为了说明可行性,你举例,你的父母和所有兄弟姐妹如何把房子换到方圆一公里内。

你们谈起了眼下的日子,是被迫谈起,因为在座的孩子们要去上课。单位催加班的电话响起。有老人要护理,有亲戚要接待,有物业要上门修理……总之,人人都是八爪鱼,被多方需要,要周全、平衡、顾及。

可是,这不正是中年的快乐吗?在哪儿都是顶梁柱,赚钱的是你,花钱的也是你,充分享受当家做主的快乐。

你等车来。一早被你嘲笑"健忘"的朋友正向你推荐一本书,书中提到中年的意义——

"恭喜你,人类有中年,不过近些年的事。在数百万年的时间里,大部分人类还没到中年就已经离世。"

你笑了,你不会永远年轻,却永远有年轻人在。你无法抗拒老,但能老得体面,从容准备老,选择老的榜样。当你我真的老了,从人类的发展角度看,更该自豪——我跑赢了多少前辈。

人间烟火气，
最抚凡人心。

伍

特殊的尾牙饭

每年有两个"最后一天":阳历12月31日和春节放假前的最后一个工作日。两个日子中,总有一天,我要和沈澄共进晚餐。

沈澄是我读研时的师姐,我们有相似的经历。她是学校保研的,在此之前,她在甘肃某特困县支教一年。我呢?本科毕业后,在一所中学当过两年老师,之后继续深造,遇到了沈澄。

在学校时,沈澄就是我的莫逆之交。

我们的相识也极具时代特色。那时流行论坛发帖,我在论坛连载一篇小说,沈澄追我的连载,还热切参与评论,直至线下聚会,我们见到彼此真人。

沈澄早我一年离校,我们常待的那个学校论坛专门为毕业生组了一场饭局。散伙饭局上,大家都很开心,也都喝高了。

饭局结束,我和沈澄互相搀扶着,在学校的林荫道上走了一圈又一圈。最后,我们在体育馆门口的一块大石头上坐下来。醉意上来了,我们又干脆躺下。夏天的夜晚,有虫鸣,不远处的池中传来蛙声,天仿佛压在胸口,星星逼迫面庞。

不记得那晚沈澄和我聊了什么,也不记得最终我们是哭了还是笑了,总之,再醒来,天已经泛起鱼肚白,我们的裙角都被露水打湿了，我们齐齐说道："哇！好浪漫！"于是，我们相约，为纪念我们的成长、友谊及那个浪漫的"最后一夜"，每年的"最后一晚"，两人一定要吃一顿饭。

这个约定，我们已经坚持了十六年。所谓"最后一晚"，可能是阳历 12 月 31 日，也可能是春节放假前最后一个工作日。无论如何，我们都会相会，聊一聊过去一年发生的事，看一看两个人的变化，每一年都有照片为证。

唯一一次例外发生在去年，沈澄即将生产，是生二胎。我们在北京一家名叫"局气"的饭馆吃饭。她笑说，今年的"最后一顿"提前了，是她"生前"最后一顿饭。我哈哈大笑，但全程心惊胆战，我真怕吃着吃着，笑着笑着，她动了胎气，我需要马上打 120。

这些年，我们的生活轨迹完全不同。沈澄在政府机关工作八年，之后又下海经商；她恋爱、结婚、生子，现在已经有了二胎；丈夫援疆，他们两地分居，机票攒起来有半尺厚……我辗转于文化口的各个单位，做编辑、记者、作者，做市场、内容、营销，成家、立业，在一个城市扎根，之后又去另一个城市……

说来有趣，每一年"最后一晚"的约会前，我都会精心化妆，在心中复盘一年的重要事件。因为，吃饭的时候，我要向沈澄陈述过去一年的生活，这像是我对逝去岁月的一种交代、一份特殊的年终总结。于是，这顿饭，我们又称为"尾牙饭"。

不知不觉，我们的尾牙饭已成为一种仪式，总结过去,展望未来。

我们也有受委屈、经历坎坷的时候，本来觉得过不去了，在"最后一晚"的饭局中，一个倾吐，一个倾听，竟然不知不觉被治愈了。

"原来你也不容易。"

"原来谁都不容易。"

两个同起点的同龄人，在对照中都找到了平衡。

这不仅是一顿饭，还是年轮，是放空，是度假，是给自己的礼物。

我开始期待今年的尾牙饭了。

食物是一种信仰

小时候,我不爱喝鸡汤。理由很简单,我爸有一次对着一锅鸡汤和我开玩笑:"看,锅里正煮着动物的尸体。"从此,我拒绝喝鸡汤,虽然在吾乡安徽合肥,喝鸡汤几乎是一种信仰。

合肥有一句土话叫"从肥东到肥西,好吃还是老母鸡"。肥东、肥西是合肥下属的两个县,在当地方言中,"西"和"鸡"被处理成"丝"和"资"。这一句在异乡就是老乡之间相认的信号。

为什么说喝鸡汤在吾乡是一种信仰呢?合肥人相信老母鸡汤包治百病。生病可以不吃药,但不能不喝鸡汤,喝一碗鸡汤对于合肥人来说,是一种不容置疑的仪式。

合家欢时,缺了鸡汤不成宴。请人吃饭,没有鸡汤,那只是一顿便饭。学子准备参加一场大考,家人不炖一只鸡,那就是不支持、不重视。新娘子回门,丈母娘没有用一锅鸡汤招待女儿、女婿,一定是对这桩婚事不够满意。

事实上,人在合肥,或家乡在合肥的,反正只要履历中和合肥沾点边儿的,老母鸡汤是写在基因里、刻在骨头上的印记,是情侣表现默契的模板,是母慈子孝的根本,是爱和体贴的象征,是合肥人的图腾。

在合肥,没有一碗老母鸡汤解决不了的烦恼,如果有,那就来一锅。从合肥走向全国的餐饮美食，除了臭鳜鱼，最成功、最风光的要数一家核心字眼有"鸡"的连锁中式快餐店。

但快餐毕竟是快餐，饲料鸡养殖快，从鸡蛋到小鸡，再到能下锅，速度不能和家养土鸡比；下锅后，炖煮快，更不及自家砂锅里几个小时煨出来的、只放盐、不掺杂任何杂质和其他配料的鸡汤实在。

合肥老母鸡汤的秘诀在于鸡土、鸡肥、鸡纯，什么都不放，只在出锅时扔点葱。

关于合肥老母鸡汤，我有两个经典段子。

在"动物尸体"事件后，我一度和鸡汤结下心结。有一年中秋，老家的亲戚来合肥，我妈备下家宴，老母鸡汤闪亮登场，在带转盘的圆桌上占据中心位。

桌上共有四个孩子。两个孩子吃鸡腿，两个孩子啃鸡爪，一人面前摆着一碗令人心花怒放的鸡汤。其他三个娃吃得干干净净，小嘴流油，手指喷香，我愣是一点没动。亲戚们诧异，我爸动了怒，他捏着我的耳朵，问："你吃不吃？你吃不吃？"

小朋友的耳朵有多软？成年男子的手有多重？我爸事后说，他真的"只轻轻一捏，三成力气都没用上"。他的三成力气后，我的血一滴一滴自透着清晰毛细血管的耳后落到白皙颈部，染红了白色校服的左肩膀。我哭了，我妈气愤地踢了我爸一脚，连忙带着我去厂里卫生室找厂医。

厂医姓罗，他为我的左耳缝了九针。罗叔叔差点把我爸骂死。据说，我的耳朵离完整落下只差那么一毫毫。"一毫毫"是罗叔叔的形容词。

"你脑子是猪脑子,对孩子下手这么重?"

我爸被厂医骂得连头也不敢抬。他看着罗叔叔一针针为我把耳朵缝回脑袋边,再用纱布包扎好。

我戴着层层纱布造就的巨大耳套,被我爸小心地送去学校。

自然是迟到了。我推门进教室:"报告!"

"进来!"老师叫我进去。

老师问我:"你为什么迟到啊?"

我绷着脸答:"我耳朵被我爸拧坏了,去缝针了。"

我吸引了全班人的注意,我的耳朵更是成功让几十个小朋友发出惊天动地的笑声。那时,动画片《黑猫警长》深入人心,一个小朋友带头喊着:"一只耳!"无数个小朋友拍着巴掌,接着喊:"一只耳!一只耳!"

我感到无地自容。

等"一只耳"的呼声渐消,老师又问:"你爸为啥要拧你耳朵呢?"

我不好意思地说:"因为我不喝老母鸡汤。"

这回,连老师都惊讶了:"老母鸡汤啊,你为什么不喝?"

教室不大,偏偏那天出现回声,是小朋友们发出的:"老母鸡汤啊,你为什么不喝?""为什么不喝?""不喝?"……

看,在吾乡小朋友们的心中,老母鸡汤也是神一般的存在,有人不爱喝,简直无法理解,是一种叛变!

说来好笑,我的固执恐怕是祖传的,只不过我的是显性遗传,父母的是隐性遗传。我差点失去的只是一只完整的耳朵,得到的却是无数碗的老母鸡汤。在撕裂的耳朵愈合期,我妈妈每天给我端上一碗汤，我爸爸带着歉意看着我喝："流那么多血，要补补！"

啼笑皆非的是，他们忘了我的耳朵是为啥被拧。

愈合期整一个月，从缝针到拆线，我度过无法描述的痛苦时期。我原本对鸡汤无所谓，那个月，从被迫喝到主动爱上，到就好那一口，我忘记了"动物尸体"的形容。二十一天能养成一个习惯，我养成了。在这之后，每逢大事，我都要吃一整只鸡，从喝汤、吃肉到嗍骨头，连骨头渣都不浪费。

我经历过的最重要的考试，每一份复习题上，都有油花闪现。失恋时，为了体面，我没有"撕"过人，却撕开了一只鸡，连着眼泪咽进肚子里，和鸡汤一起。

等我离开家乡，到了北京，又去了上海，我在每个城市、每个长期驻扎的地儿都会主动结交菜市场有办法弄到土鸡的摊主，他们会在微信上及时通知我何时、有几只、产地是哪里。

对于合肥人来说，合肥周边产的鸡最好，次之是无论出身、只要是家养的土鸡，再次之是炖煮、不放杂料的烹饪出的鸡。

关于老母鸡汤，我的第二个段子发生在我生完孩子坐月子时。合肥人讲究坐月子要吃满十只鸡。我妈让我老家的二姨在我备孕时便开始养鸡。

随着预产期临近，我的二姨在老家忙起来，将整整二十一只鸡都处理干净，每只都历经烧水、烫毛、开膛破肚、大卸八块的过程。它们被裹进一只只保鲜袋中，放入行李袋，用装了冰块的矿泉水瓶降温，分几次被我妈亲自运到北京。

我娃喝着鸡汁味的乳汁长大，等到能吃饭时，最爱的主食便是鸡汤面，他的一半基因显现了。

喝老母鸡汤终于也成了我的信仰。我发现，每个人都有他的食物信仰。

几天前，我发烧了，伴随胸闷、咳嗽、气短、浑身疼痛。我发烧，传染了全家，一时间，咳嗽声此起彼伏，体温平均38.5℃。每个人脸都红扑扑的，互相问："要不要炖一只鸡？"

说炖就炖。

我从冰箱中取出家乡的土鸡。鸡大，十几斤重，我切了四分之一，扔进黑色砂锅。加水，用大火煮开，撇掉浮沫，加葱、姜、蒜，葱只去除根须，外表洗干净，没做更多处理，四五根团成团。转小火，炖煮两小时，满屋飘香。开盖时，我深深吸了一口气。我吃过退烧药了，但我坚信，没有这锅鸡汤，我是好不了的。

一人一碗鸡汤。

在自我治愈仪式前，我拍了图，发了微信朋友圈。

我的两个老乡第一时间发表评论："我昨天就喝上了！""能喝得下鸡汤，说明快好了，一定能好！"

我的另两个朋友不是老乡，也发表了评论。其中一个福建人说："有生蚝，我生啥病都能好。"另一个西安人说："同理，心情不好的时候，我必须来一碗羊肉泡馍。"

一方水土养一方人，一方食物是一方人的信仰，是传承，是图腾，是心理暗示。

没有人像离开过隐贤

我姥姥家在隐贤,隐贤是安徽寿县的一个小镇。传说,唐代有位大儒姓董,隐居于此,此地故名"隐贤"。"隐贤"之前的名字叫"百炉",曹操曾在这儿练兵,支起火炉铸造兵器,"百"是虚数,形容极多。

几年前,一次闲聊中,我妈说,她还见过那些炉子。
我大惊:"古迹保护得这么好?"
我爸打断我妈的话:"你见的那些炉子不是曹操的,是后来人造的。"

我妈和我爸毕业于同一所小学——隐贤小学。我大舅和我爸同班。我爷爷是最早一批邮电工作者,他四处架电话线、建电话局,到一个地方一待就是几年,我爸上小学那几年,他们在隐贤。

那几年,我奶奶把她妹妹嫁进隐贤一户姓张的人家,从此,他们即便离开,因为有我姨奶奶这门亲戚,也割不断和隐贤的联系。

我妈便是我姨奶奶托人说给我爸的。见了面,我爸才知道,我妈是同学的妹妹,小时候他还去我姥姥家偷过枣。

我妈是隐贤当地人。现在她回去,遇到老人,还有人喊她小名"大丫子"，更多的人喊她"梁继魁大闺女"——梁继魁是我姥爷。

我姥爷不识字，却是天生的商人。他从长工做起，在隐贤开了自己的爆竹厂、香厂。他脾气不好，当长工时，因为东家的饭菜中肉少而摔过筷子。当他成了小范围内的人生赢家，他常说，人有脾气才能成事，我妈因为脾气最暴躁，成为他六个儿女中最受宠的。

据我妈回忆，我姥爷开厂时，梁家过得最富足。

作为最受宠的女儿，"别人都想有一件的确良衬衫，而我有两件"，我妈自豪了四十年。

20世纪60年代末，我姥爷的爆竹厂、香厂彻底去除私有。历次运动，无不波及他。他坚信他有卷土重来再做生意那天，他的儿女可不信。家里最穷的时候，我妈和我大舅把一扇门卸了，去集市上卖，卖完，他俩才有学费上学。

只是乡里乡亲，做事情不会做绝，爆竹厂、香厂不再姓梁，我妈的职业生涯从爆竹厂做会计开始，我小舅也在香厂工作过。

20世纪70年代初，爆竹厂爆炸，死伤无数，是隐贤建镇以来最大的群体创伤事故。那天是节前加班赶制春节用的烟花爆竹，我妈最好的朋友被活活烧死。隐贤卫生所里，满目疮痍，伤残者倒在地上一片，嗷嗷叫成一片。

直到我上高中，我妈发烧说胡话，还念着那个朋友的名字。爆炸那晚，会计不用加班，我妈在几十里外的安丰镇看电影。一声巨响传来,她跑出去看,隐贤的半边天都是红的。

几乎没有一个年轻人愿意一辈子待在隐贤。
1979年,我妈嫁给我爸,离开了隐贤。
在此之前,我大舅招工去了寿县。
接着,我三姨也去了寿县,和我大舅做同事。
再接着,我小姨由我三叔介绍,嫁给我三叔的哥们儿,和我家几站地之隔,我们都在合肥。
同一时期,我小舅去了珠海,又在上海待了十年。
留在老家的只有我二姨,她负责照顾我姥姥。

我姥爷已于1980年1月8日去世。据说,当时我两个月大,我妈带着我从合肥赶回去见我姥爷最后一面。他看到我时,只能点头,说不出话。

我对我姥爷的全部印象都在姥姥家挂在墙上的遗像中,以及过年串亲戚时有人介绍我是"梁继魁家大外孙女"。

从1980年到2007年,我结婚前,每两年,我回隐贤过一次年。一方面,因为交通不便,隐贤与外界有三十里地不通车,进出隐贤全靠步行,从合肥出发,非一天一夜不能抵达。有一年下雪,地上全是冰,为了赶回去,我们遇到一场不大不小的车祸。另一方面,因为家里房子小,全家人聚齐,万万不可能每个人都有地儿睡。于是,我妈六个兄弟姐妹排了班,轮着回老家。

老屋翻新前,轮到我家回,也没有我睡的床。还好,我有姨奶奶。无数个夜晚,我在姥姥家放完烟花,吃完饭,打完牌,由我爸陪着,穿过幽暗的小巷,打着手电筒,深一脚浅一脚,踩着雪或泥,走到一扇两边都是砖墙的木门前。我爸握着圆形的门把拍拍门:"姨!姨!"须臾,便听见姨奶奶或姨爷爷穿着拖鞋"扑籁籁"小跑过来的脚步声。

除了姨奶奶家,我对隐贤的记忆还有许多长街。

隐贤和所有古镇一样,有大块青石条铺就的石板路,无数人无数年的脚步使每一块石板都没有棱角,石板两边的店铺均是板门,开门时要一块一块地卸,关门时要一块一块地合。

大河。河水泛黄,河面开阔。河对岸是另一个隐贤,叫西隐贤。

堤坝。大坝高三到五米,河与大坝间是绵软的沙滩。夏天,汛期来临,水能淹没大坝。我只在冬天去隐贤,那时潮水早就退了,在沙滩上还能捡到贝壳。

古庙。不知为何,除了常见的菩萨,古庙里还供着"泰山奶奶"碧霞元君,每次回隐贤,我必去抽签。

各种外号。镇南有个老赖,外号"橡皮脸",顾名思义,他欠债不还,脸皮如橡皮。

各种传奇。比如,我姥姥的亲妹妹爱唱戏,20世纪60年代为了唱戏,抛夫弃女,离开隐贤,去淮南、六安唱。又比如,我一个远房表姨失恋后在附近另一座庙出家,为求收留,她站在庙中央,任瓢泼大雨浇淋全身。那时,乡镇高中生少,愿意出家的更少。几年后,因为学历高,表姨被寺庙送去佛学院培训,从此平步青云,现在在皖南一个佛教圣地主持一座尼姑庵。

各种灵异事件。我曾在一个绝没有风的下午在镇西一间绝对没有人的房子前驻足,门从里面关上。我二姨告诉我,可能是里面的人不想见到外人。"里面不是没有人吗?"我问。"吊死过一个。"我二姨说。

甘蔗,特别甜。

菜,尤其是乌菜,特别脆。

鸡蛋打出的蛋花都比城里的黄些。

咸菜,每家每桌摆出来的十碗中有八碗,咸到人的嘴发麻。

以上,大多由我姥姥告诉我。

我姥姥活着时爱吃麻花,喜欢听我说普通话,对一件东西最大价值的衡量是"怕要两百块吧?"。她常扎着一块蓝色头巾,穿同色对襟大褂,在门口坐着小板凳,和路过的每个人聊天。她给人起外号,惟妙惟肖,她常提起两个闺蜜——"话妈妈"和"四方奶奶","话妈妈"话太多,"四方奶奶"脸是方的。

隐贤的所有人所有故事都在我姥姥肚子里,她的世界只有隐贤。

我每次回去,我姥姥都欢天喜地;我每次走,她都要抹眼泪。

我姥姥走了,我二姨不用留在隐贤,她的孩子、我三姨的孩子都在合肥工作,我小舅也从上海搬到了合肥。我大舅在我姥姥之后去世,现在他们剩下的五个兄弟姐妹晚年竟都在合肥会师,住得很近,几乎在同一个小区。

他们不用再按一三五、二四六的出生顺序轮着回去过年。在我姥姥去世后一两年,他们只在清明时回隐贤上坟。一两年后,每个人都意识到"不对",不是"对错"的"对",是"对味儿"的"对",他们决定,每年开车从合肥搬运年货回隐贤,过完年再走,一如过去那些年。

"不只是为了过年","肯定不是为了回隐贤"。我妈及她的兄弟姐妹都振振有词。

对于回隐贤过年,他们的理由如下——

小朋友们能放烟花。

菜好,蛋好,肉新鲜,多买点带回合肥。

能开四桌麻将。

能去庙里求签。表姨还在,去另一个庙能吃上好的素斋。

能坐船。

有沙滩。

有真正古老而非加工过的古街。

有能喊得出他们每个人小名的老邻居和亲戚。

院子大,可以拍全家福。

香厂还在。

…………

今天,他们在老屋吃饭,在大坝放烟花,在河边散步,在沙滩捡贝壳,在枣树旁拍照。

客厅墙上挂着我姥爷的像,还有我姥姥的。

添丁进口了,房间仍然不够住,我的表兄弟姐妹们晚上住宾馆,白天回老屋打麻将。
门头贴着横批,门板贴着对联,一年住一次的老屋像天天有人住。

年轻时,他们没有人想一辈子待在隐贤。
现在,他们没有人像离开过隐贤。

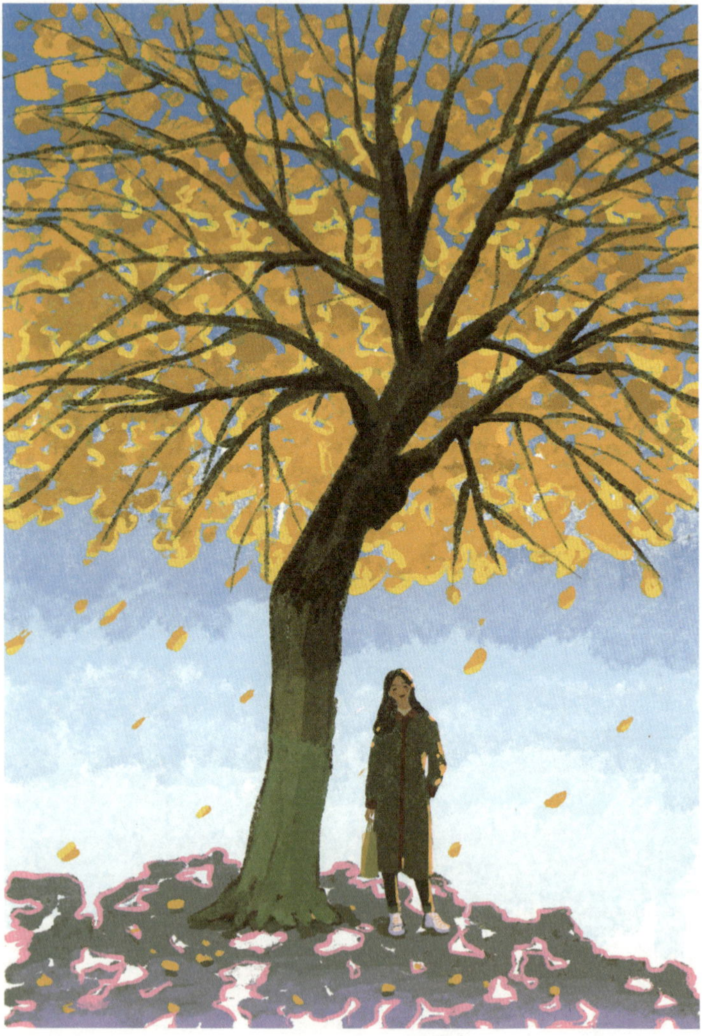

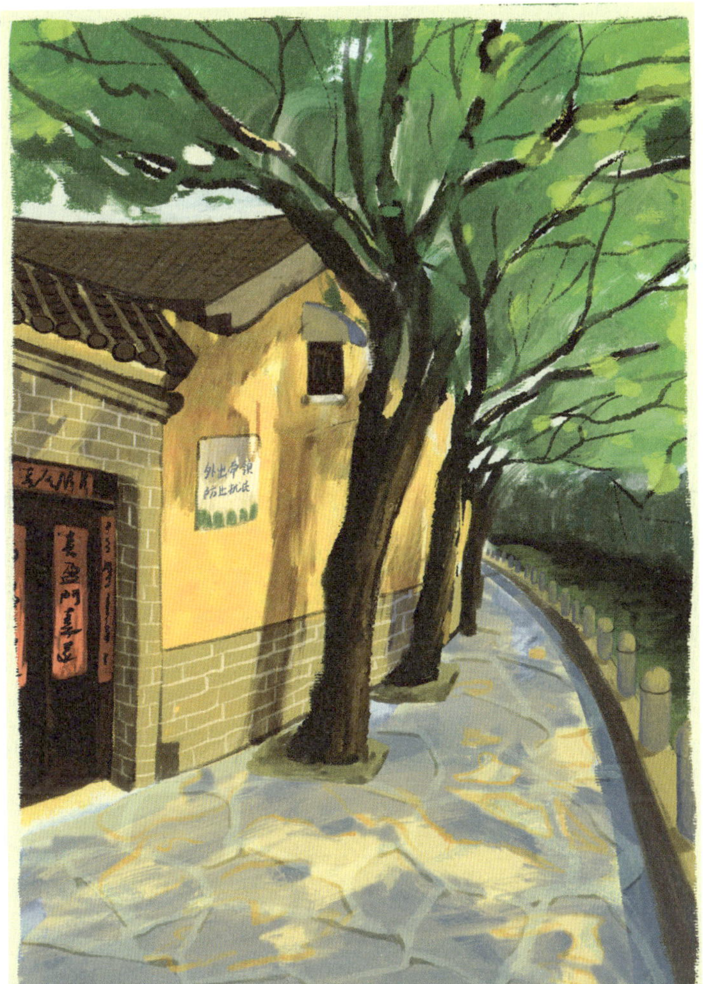

心安处处是归处

我曾去长沙参加过一场活动。活动现场,我收到了鲜花几束,其中一束是百合花,花中夹着一张喷着清新香水的卡片。我定睛一看,落款竟是我的同学百合。

活动结束,百合走到我面前。我们距离上一次在家乡合肥见面已有五年。我欢呼雀跃之余,忍不住问百合,她怎么知道我来长沙,她为什么会在长沙。百合解释,做活动的书店,她也常来,看到了活动的海报。关于为什么在长沙,她被公司外派来此地组建分公司已经一年多了,再过一年才能回家。

那一瞬间,我想象着百合每天两点一线,在公司和租住房中往来,自力更生做饭、打车、搬家、收拾行李的样子,有些心疼。

我问:"在长沙感觉如何?寂寞吗?多久回家一次?"

没想到,百合答:"刚来的时候像坐牢,完全融入不了新生活,现在,我已经是个'长沙通'啦!"

"你是怎么做到的?"我赞叹。

"走!带你吃辣椒炒肉、喝奶茶,边吃边喝边聊!"百合大手一挥,带我上车,真的像个"长沙通"。

在饭店,百合点完菜便不见了。稍后,她再出现,握着两个花花绿绿的纸杯,挤过熙熙攘攘的人群,来到我面前。

她放下纸杯,擦把汗,解释道:"我挑这家店,为的就是旁边能买到网红奶茶!"看得出,百合对长沙的流行元素非常清楚。

等辣椒炒肉上桌,她招呼我举着奶茶和辣椒和肉一起合个影,还教我发微信朋友圈时别忘了写上"网红长沙"。

"想知道我靠什么撑过'独在异乡为异客'的吗?"百合抿一口茶,吃一口肉。

"什么?"我抓住关键词重复。

"我有四大法宝。"百合像湖南人一样大口嚼着辣椒,还不耽误聊天。

原来,一年前,百合接到外派通知时喜忧参半。喜的是,她毫无征兆地被升职;忧的是,此去两年,人生地不熟,怎么适应?熬吗?心中认定是熬,时时处处便真的是熬了。

百合是读书人,她适应新环境的第一法宝自然是通过文艺作品。

到长沙后,百合工作之余,重点看与这个城市相关的两种书:一种是最出名的本土作家写本地的书;另一种是游记。她想分别用本地人和旅人的眼光打量长沙。她还找来叙述本地历史的纪录片,把其中提到的名人、重大历史事件发生的地点在地图上标记出来,逐一走访。有时,她甚至专门抽出一天,复制名人在本城的生活轨迹,如,去谭嗣同故居发呆,买一罐据传是曾国藩最爱的辣椒酱。此外,以本市为背景的影视剧,能搜罗到的,百合都看。

"你知道吗?当我对其中一个主人公的故事有代入感,该主人公在故事中走过的城市角落,我再去看时都会多些想象,多些感情色彩。有了感情，长沙在我心中就不是外地，是有温度的。"

百合的第二法宝是和本地人交朋友，学本地的方言。

百合的本地朋友包括她招聘来的湖南籍同事、办事单位的对接人、出租房的邻居、小区物业工作人员……

百合和他们聊天，他们总会提起本地的一些街道和自己的经历，比如"今天，我遇见初恋在哪条街""我姑姑家的祖宅就是××路上的某一栋"。那些平常无奇的街道，一旦和别人的经历相关，再看时，它们竟多了人味——生活的味道。

"如果我的朋友三十岁，我就知道了关于这个城市三十年的私家历史。他家在此地住了五代，我或许就知道了一家人和一个城市一百年的故事。"百合将奶茶喝了一半，提示我，另一个小盒装的奶盖可以当冰激凌吃。

至于当地的方言，百合先是被动地潜移默化，学会了"你想怎么样""你要去哪里"的长沙话版，而后她主动学习，从自我介绍开始，三天学一句，一年学会一百句。

"怎么主动学习？拜长沙人为师吗？"我好奇。

"当然不！"百合掏出手机，打开搜索栏，指点我，"你可以在网上搜'方言+城市名'，许多城市的方言有线上翻译、同声转化的小程序和教程。没有教程，也有许多热帖以当地方言为素材编出顺口溜或其他。"

"学方言有什么意义吗？"我皱着眉头。

"有助于拉近和当地人的关系，增添社交的趣味。我总想着，离开长沙，这些方言也将是我这两年的印记。"百合说着，跟我现身说法来了段方言版的自我介绍。

法宝之三是用"爱好 + 城市名"绘制一幅私人城市地图,用打卡的方式逐一体验。

百合喜欢逛菜市场。她纯靠兴趣,调查出这个城市有特色的菜市场有多少个。她没事就去寻访不同的菜市场,对比品种、菜价,各菜市场的优劣、特色。

她还喜欢放风筝,据传这个城市适合放风筝的地方有十处,她试了其中六处。

在合肥时,她去周边城市均自驾。在长沙,周边适合自驾的景点,她一样游了遍,除了别人给出的路线,经过体验,她还整理出自己的方案。

"这些用脚丈量、用心体验的地方,我会拍照片、做笔记。哪怕每次只有一两句心得,我都会发布在朋友圈或微博上。当你记录十条,回头看看时间去哪儿了,一目了然,会有成就感、满足感。假设一周换一个地方,放风筝的地方,全部打卡一遍,已经过去五个月,更何况不是每周都天时、地利、人和。把这件事坚持下来,过程中,要做攻略、配置装备、遇到同好,很可能一年都不知不觉地开心地过去了。"

上次聚会匆忙,我和百合没有互加微信好友,刚才她指导我发"网红长沙"时,我们才互加好友。说到这儿,我不禁翻了翻她的朋友圈。果然,她工作之余不是在放风筝,就是在自驾,不是在寻访名人故居,就是在跑菜市场……

"你真是一个人活成了一支队伍!"我由衷地说,"那法宝四呢?"

"法宝四是信念。"百合深深吸一口气,顿一顿,"我总想象着你这样的朋友来长沙,我能做好导游,像介绍家乡一样介绍它,能带你玩。"

为此,关于本地特产,百合认真请教当地人哪里最正宗、为什么正宗。她把长沙著名的小吃都去吃了一遍,哪怕不对胃口,尝过了,下次向老友提及时,也可以做资深食客状点评。

为此,她关注本地特别的习俗和禁忌,记住聊天时的笑点,等着有一天能拿这些做谈资,说新鲜、道八卦。

为此,她关注有趣的地名,习惯查一下地名的由来,以及地名背后藏着的故事。

"你知道长沙有个地名叫'南倒脱靴巷'吗?"百合举例,"传说东汉末关公大战长沙时,镇太守韩玄要黄忠应战,黄忠久战不胜,韩玄诬其有反叛之心,要斩黄忠。魏延与黄忠交谊甚厚,一怒之下要杀韩玄。韩玄逃跑,从南门向北逃,跑过小古道巷的一条小巷,故意把靴子脱掉一只,靴尖朝南放,想让魏延以为他是向南跑。那条小巷被后人称为'南倒脱靴巷'。"

"所以,这一年,你的节目丰富,日子充实,根本不觉得枯燥、想家?"我为百合总结。

菜上齐了,百合忙着向我推荐米豆腐、芋头排骨、红糖糍粑等特色美食,她说起工作,说起从总部又调来几个小同事——

"我常跟他们说,别想着被迫在此地旅居数年,像服刑,而是当作在这里上学,外派四年就当作读本科,外派三年就当作读研究生。设想一下,当你离开时将以什么为题写一篇关于这个城市的论文呢?

列目录吧,它们就是你在毕业即离开前要去打卡的人、事、地。"

好的,我记下了,我开始期待一个悠长假期,去一个陌生的城市,适应它、享受它、热切地融入它。

图书在版编目（CIP）数据

人生不求太满，小满即是圆满 / 林特特著. —— 南京：江苏凤凰文艺出版社，2024.3
ISBN 978-7-5594-8165-8

Ⅰ.①人… Ⅱ.①林… Ⅲ.①随笔－作品集－中国－当代 Ⅳ.①I267.1

中国国家版本馆CIP数据核字(2024)第001736号

人生不求太满，小满即是圆满
林特特 著

责任编辑	白　涵
特约编辑	陈怡然
装帧设计	青空阿鬼
特约印制	赵　明　赵　聪
出版发行	江苏凤凰文艺出版社
	南京市中央路165号，邮编：210009
网　　址	http://www.jswenyi.com
印　　刷	天津中印联印务有限公司
开　　本	880毫米×1230毫米 1/32
印　　张	6.25
字　　数	130千字
版　　次	2024年3月第1版
印　　次	2024年3月第1次印刷
书　　号	ISBN 978-7-5594-8165-8
定　　价	52.80元

江苏凤凰文艺版图书凡印刷、装订错误，可向出版社调换，联系电话：025-83280257